浩歌长吟

庄千慧

庄千慧/著

世界知识出版社

图书在版编目（CIP）数据

浩歌长吟 / 庄千慧著 . —北京：世界知识出版社，2015.1（2023.11重印）
ISBN 978-7-5012-4828-5
Ⅰ. ①浩… Ⅱ. ①庄… Ⅲ. ①散文集 - 中国 - 当代
Ⅳ. ① I267
中国版本图书馆 CIP 数据核字（2015）第 002489 号

书　　名　浩歌长吟
Haoge Changyin
作　　者　庄千慧
摄　　影　郑晓群　李士明
责任编辑　王瑞晴　蔡金娣
文案编辑　瑾　瑜
责任出版　刘　喆
整体设计　向尚艺术设计
出版发行　世界知识出版社
地址邮编　北京市东城区干面胡同 51 号 (100010)
网　　址　www.wap1934.com
电　　话　010-65265923（发行）　010-85119023（邮购）
010-85112689（编辑部）
经　　销　新华书店
印　　刷　北京虎彩文化传播有限公司
字　　数　169 千字
开本印张　880 毫米 × 1230 毫米　1/32　6 印张
版次印次　2015 年 3 月第一版　2023 年 11 月第二次印刷
标准书号　ISBN 978-7-5012-4828-5
定　　价　22.00 元

松台山的故事

松台山自古有名为禅之山。（永嘉禅和开创永嘉禅宗的）

谈起松台山[illegible]，却应了"山不在高，有仙则名"的古语，松台山因有永嘉玄觉大师而名扬海内外。而我觉得虽然松台山的形象不能成其高大，但其精神气魄亦可与那三山五岳相媲美。创造这一奇迹的也就是唐代开创永嘉禅宗法脉的玄觉大师。

寓居城西俯瞰松台，站在晨曦之中漫步，松台山间树下，去感受闲适平淡间的千古人文遗风，去体悟弘之的禅意。俯不变的松台，不变是[illegible]的处处仙境，春秋不失苍翠，四时竞[illegible]，松涛在[illegible]欢叫、跳跃，游人在山林石阶和公园小道上悠闲信步，和山脚下喧嚣的车流、密密的人流相比较，真是两重世界。如果[illegible]晴霞晨烟[illegible]，有幸[illegible]的[illegible]，[illegible]宽的[illegible]之下，[illegible]空，此时松台山以及其下的园林，但见[illegible]，林梢[illegible]，[illegible]的交织，如[illegible]，[illegible]之气更显厚重、深数，置身静谧、寂寞的空间，顿生[illegible]之感，[illegible]空阔[illegible]，生无限遐想……

唐代的温州还是一座边陲小城。其时中原文化[illegible]帝国[illegible]治之下已呈辉煌[illegible]景象。而[illegible]的中原文化[illegible]对温州这边陲小城来说[illegible]的余波，影响因此城[illegible]而有限。[illegible]当时的[illegible]文化[illegible]，[illegible]玄觉禅师[illegible]大师，其[illegible]过程中也[illegible]大师[illegible]。当时六祖门下弟子的玄策禅师来访永嘉大师，

……城区 临江镇驿头（和平、平山、畲底）总支委员会

① 没有结构一个……全书……明朝社会生活的描写缺乏整体性，……

全书用庸俗化笔调

在我国有一个民谚叫人言可畏，

我们的老祖宗在生活上受到这方面的教训是深刻的，

因之把这方面的事例记载在了典籍里以作鉴戒。[illegible]

曾子杀人的故事，就是一个鲜明的例子。

最近读英国人C.R.博克舍编注、由何高济翻译的《十六世纪中国南部行纪》一书，

该书辑录了十六世纪葡萄牙人伯来拉[illegible]的《中国报道》、克路士的《中国志》

和西班牙人拉达的《出使福建记》和《记大明的中国事情》等三篇

人的行纪。[illegible]

[illegible]一个民族[illegible]的短很。同时不[illegible]

[illegible]早期欧洲资本主义[illegible]殖民思想和文化侵略[illegible]

国民，是社会的主体。国民素质的优劣，

直接反映一个国家社会[illegible]程度。这些行记文章[illegible]

[illegible]除了记述了明代中期的中国南方的一些

城乡建筑、交通[illegible]外，作者[illegible]对中国文化的

整体观认识，全书始终用庸俗化的笔调对国民的行为价值观

描写。克路士在《中国志》的第十三章里，描写中国的饮茶文化是

[illegible]

目录
CONTENTS

福泉山福泉寺走笔

以前闻说有着“山中宰相”之称的南朝陶公陶弘景曾在瑞安陶山落脚隐居，以为是乡间民众杜撰出来的传说。陶公的传奇人生应是围绕中原一带而展开，其时温州地处荒僻，感觉这位大名鼎鼎的历史人物离我们的生活是相当地遥远。后来从地方志等史料中得知，这位陶华阳确有在温州一带活动过，并留有诸多的遗迹。这次，瑞安的施世琥兄邀约我们去了一趟陶山福泉山福泉寺。这不仅为我们在传闻和遗迹之间架搭了印证之旅，同时，让我们从作为“第二十八福地”的福泉山及其福泉寺这一寰中胜境中获得对幸福观及生活的一点感悟。

福泉山海拔900多米，居瑞安市西北面陶山镇境内，山上多奇峰胜景，过去漫长的白云岭可能是上福泉山福泉寺唯一的途径。现在去福泉寺可不必从陶山爬白云岭走四个小时的山路了。车子从桐浦某处的山脚上山，可以直接到目的地。虽则盘山公路遥远，但转过沟壑，跨上山冈，你可以放眼脚下的飞云江流域，水云邈邈，峰峦耸翠。穿行于瑞安平原谷地的飞云江如博带白练临风，作袅袅飘动状。古人说，东瓯为山水窟，登临此境，才能体味到风景的大美格局。诚如福泉山荣膺“第二十八福地”一样，古代道家罗列“三十六洞天七十二福地”时，区区东瓯乃至浙南，竟有温州华盖洞天、永嘉大若岩、瑞安陶山、平阳三皇井、文成南田山等大批名区胜地榜上有名，这也是给温州山水美景的一个注脚。

古往今来，人们为求得这些福地栖身探胜，或攀山，或浮海，不远千万里慕名而来。陶弘景便是历史上慕东瓯山水之名来寻幽探胜者中的一员。况且，东瓯地处东南海隅，属边僻小城，史上无兵火之灾，比之中原战火血腥，真是一块难得的清净之地，陶公来此自是安心立命修为有成。于是，这里便有了他当年栖身的福泉寺，有炼丹台，有得名于他的“山中何所有？岭上多白云”诗句中的白云岭等遗迹。虽然这些遗迹洒落在深山野岭，但它们与“福地”这个称号挂起了钩，在历史的岁月里还是闪烁着文化的光彩的。

不过古代交通落后，因山重水复，关河险阻，像陶公这些世外达人也好，后世的拜谒者也好，迢迢行程造访名山胜地，是极困难的，需要一种坚强的毅力。扯得远一点，像唐代李白就有一句天下尽人皆知的名言：“蜀道难，难于上青天。”广袤神州大地，在历史上又何曾不是到处如此的行路难呢？远的不说，就说瑞安一条滔滔飞云江即给人“走遍天下路，最怕飞云渡”

的险阻感。元朝人陶宗仪的《南村辍耕录》中有一篇《飞云渡》的小品文，讲述一位青年在飞云江渡口因行善积德而逃脱覆舟厄运的故事。该文首句就写道，“飞云渡风浪甚恶，每有覆舟之患”，这里飞云江给人的印象是烟水苍茫风涛险恶的狰狞面目。而南宋著名诗人陆游赴福建任宁德主簿时，道经飞云江，那天风清水静，波平如镜，陆放翁触景生情，写下了一首令后世瑞安民众百读不厌的即景诗：“俯仰两青空，舟行明镜中。蓬莱定不远，正要一帆风。”该诗的题目也叫《泛瑞安江风涛贴然》。当年的飞云江江面肯定要比现在阔宽得多，想象这烟波浩渺的大江经年浊浪澎湃，再琢磨该题目，觉得这位陆放翁的心态好像是侥幸过江似的。

当年的陶公到福泉山是浮海来的吗？或是翻山越岭来的吗？不管怎样一个走法，“往事越千年”，而今，凶险的飞云江已经被驯服了，通衢处，跨江建起了一桥、二桥，还有铁路桥，“天堑变通途”。福泉山上，自然也是没了道途荆棘，少了旅次劳顿，汽车，可以轻松平稳地直趋福泉寺门口，当年留下陶公艰难履迹、洒下陶公辛劳汗水的漫长的白云岭上，不见了人们行路的艰辛，留给人们的，只有诗情画意。设想当年陶公不惧艰难到福泉山福地为的是修身求福，观照当前社会，交通已发展到比“千里江陵一日还”还要神速，这是时代之福。而今仅就行旅方面而言，置身这名山福地，世人自应知足而惜福了吧。

明月如诗思如潮

苍山如黛，海天一色，流云逐浪，星月争辉……

中秋的海岸边，一轮圆月，万里波涛，呈现眼前的不仅是无边美景，还牵引出记忆里能唤起大自然美感的诸多赏月观潮的浩歌长吟——

不是吗，这里有“月光如水水如天”的闳廓，如果你胸壑郁结，这种浑茫壮阔足可让你豁然开朗。

且看这里“皎如飞镜临丹阙，绿烟灭尽清辉发”的清丽吧，如果你思有犹疑，那天空云影开阖处抛洒下的辉华倏然间足可让你排解心底滞积。

再去感受，此时此地还有阴阳互化媲美晓天丽日的浩大气象，当年宋太祖《咏初日》诗曰：“太阳初出光赫赫，千山万山如火发。”此时，这山，这海，这月华千里一泄无垠。也只有此情此景，才敢于以山呼海应般的“初日”之情境作比拟，从而让人思接古今视通八极。

……

唐朝诗人李峤恰有一首《中秋月》诗，更能清晰地作为人们情感发微的切入点。诗云："圆魄上寒空，皆言四海同。安知千里外，不有雨兼风。" 此诗诱发人们沿时空的坐标作纵横延伸，此时，圆月如镜，宇宙间的距离，在这月色下也变得那么地相近，历史的尘烟似乎变得透明清晰。惯于寻章摘句，是文化人的一种癖好，这里请看，从《诗经》时代的《月出》怀人的美好光景，到"秦时明月汉时关"的追远怀忧；从李白的"床前明月光"下的乡思，到苏东坡把酒问月的抒情……宇宙间日月升沉阴阳互化的大熔炉，锤炼出多少五彩缤纷的人间情调。

曾记得，当年东汉曹操曹孟德好像就是在一个月明之夜，登临渤海边的碣石山，以洪钟大吕般的《观沧海》放歌日月江天之大美，"东临碣石，以观沧海。水何澹澹，山岛竦峙。树木丛生，百草丰茂。秋风萧瑟，洪波涌起。日月之行，若出其中；星汉灿烂，若出其里。……" 多么宽大的襟怀，多么恢宏的气象！这诗里包含着宏伟的抱负，今夕月色下默诵此诗，结合曹操这位一代枭雄叱咤风云的行为和形象，《观沧海》之诗风，真有铁马秋风的气概。诗情激起心灵的震撼之余，我觉得，此时的明月，是豪情的介质，此时的波涛，是烈酒的精醇，一诗吟罢，仿佛旋乾转坤翻江倒海的伟大概念在胸中涌突。

历史，有时会变得柔媚温婉。唐代诗人张若虚在欣赏了明月和春潮之后，有一首回环婉转的《春江花月夜》。该诗在创作的时序上与今日今时虽有春光和秋色之别，但其情境相似，通篇是水和月的交响，情和景的咏叹。你看：“春江潮水连海平，海上明月共潮生。滟滟随波千万里，何处春江无月明……江天一色无纤尘，皎皎空中孤月轮……谁家今夜扁舟子？何处相思明月楼……斜月沉沉藏海雾，碣石潇湘无限路。不知乘月几人归，落月摇情满江树。”《春江花月夜》一曲笙箫流韵，一派春意融融，品读此诗，又别是一种温柔乡里弄锦瑟的感觉，它沁人心脾，简直可以令你陶醉。歌声中，明月尽显柔和，潮汐摆弄舒缓，世界也因此而似乎遍地氤氲。

明月如人生的脸容，潮汐卷起人们的情绪。寻思历史上的对月歌吟，仿佛看到月亮的表情。月儿月儿，追思古今，有时圆满而笑得灿烂，有时亏缺而失却欢愉。上弦月，下弦月，不断地变化，潮涨潮落，不停地进退，只要脉动在自然规律里，这一切都是正常的。而品味《观沧海》和《春江花月夜》，虽是甚好丽辞壮歌，但少不了带有一种思想的“奢侈”。魏武的借明月之夜大发诗兴，展示了一股开疆拓土建功立业者所特有的霸气，抑或还带有踌躇满志的心态，其比俦者如秦皇汉武之流。像秦皇这样的霸气人物，实现了“六王毕，四海一”的旷世伟业，最后为了一己长生不死之欲，当年派遣童男女去海上寻找长生不死之药，而结果呢？最后还是免不了“金棺葬寒灰”的落寞。

张若虚的《春江花月夜》透析出一丝丝让人难以察觉的大

唐国力隆盛之余所滋生的绮靡之风气。从这绮靡之风，返观当时“万国笙歌醉太平”的世界，人们是何等的沉醉酣畅，但一旦遇到了“渔阳鼙鼓动地来”，一切美好的事物，不是让人心生嗟怨而感觉无限凄凉吗?

思想历史的舞台上,比如明月的阴晴圆缺,潮水的涨落消长,人类上演过无数的悲喜剧,从启幕到谢幕,从生到死,盛衰交替,消长不断。作为缈小如尘沙的人类，生长天地间，但得偕明月和波涛共心韵,能做到盈实不矜,亏缺不伤地从容面对世情世态,这应该是一种不一般的境界。这种从容是多么地难能做到呵，这种境界要有置身物外的超然。这种境界，要有高尚的遗世独立的精神。传递这种声音的也是一首以水和月作比兴而高吟的《临江仙》——清代的毛宗岗父子在深入体会了三国时期那段大幕开启，一班大智大勇、大忠大奸人物纷至沓来时代，那场轰轰烈烈、波澜起伏的历史之后，回过头来，借明人杨升庵的这首名作，在历史名著《三国演义》开篇处，以历史一看客的身份，“惯看秋月春风”，道破了“浪花淘尽英雄，是非成败转头空”的历史现象，揭示了历史发展逻辑的指归。

其实，历史是今天的身影，如果沿“是非成败转头空”的逻辑观点发展，未免极易使人坠入虚无主义的误区，对当今的现实社会产生巨大的消极影响。可以肯定地说,“江山如此多娇”,世界自古精彩，如果不是这样，在这日月升沉、阴阳交替的天地间，也不会有这么多的激情和故事，不是吗？历史摆脱不了运转的规律，也唯其如此这般，历史如月相不断地变化，历史像波涛有波峰波谷起伏不断，以至于历史发展的曲线因有了运动和变化，才有能力孕育生机和活力。在这浩浩清晖下看明月即是一种对心智的启发，就算生活最乏味最单调，如月中玉兔持杵捣药，它还是紧依生命频率般持之以恒地捣下去，这就是对生活的信念，嫦娥最寂寞也并未自暴自弃，还是“碧海青天夜夜心”地巴望着，活下去，这也是对生活的信念。而回到现实，最有生活意蕴的还是宋朝的苏轼的表现，苏轼看明月有“我欲乘风归去”之念，但经过一番思想斗争，最后还是道出了“起舞弄清影，何似在人间”的心声，好似觉得为了人类的进步缺他不可，觉得这美好的世界还是值得讴歌，值得留恋……

松台山的高度

松台山当之无愧可称为禅之山。

松台山和温州城区诸山一样，并不高峻，但俗话说，“山不在高，有仙则名”，松台山因有了永嘉禅和开创永嘉禅宗的玄觉大师而名扬海内外。而我觉得虽然松台山的形象不能称其高大，但其精神方面却可与三山五岳比肩。创造这一高度的，也就是唐代开创永嘉禅宗法脉、推耸东瓯文化高峰的玄觉大师。

寓居城西傍近松台，每每于晨昏之时漫步松台山间林下，去寻觅带着乡土气息的永嘉禅禅意中的文化，去感受周流平陆间的千古人文遗风。千年不老的松台，不啻是现代喧嚣尘氛中的一处秘境，春秋不失苍翠，四时充满生机。树丛林杪间，鸟雀、松鼠在欢叫、跳跃；山路石阶和公园小道上，游人在安闲信步；还有长天白云，林野清风……在这里看起来，一切都是那么淡定，和山脚下嘈杂的市场、急驰的车流相比较，真是两重世界。古代有传说，松台时有五色祥云覆盖的神奇现象，那或许是禅的分化、灵氛的聚合？如果你历览晴霞晨烟月色夕照，有幸观赏松台雨后的黄昏，那景色又与五色祥云更相似了——亮丽华灯下，但见暮霭蒸腾，林梢凝烟，光和岚的交织，如披锦缀彩，使氤氲之气更显厚重、绵软，置身这静谧邃寂的空间，顿生缥缈之感，仿佛如在仙宫阆苑，生无限遐想……

唐代的温州，还是一座边远小城，松台山，还是温州城城墙边一座不起眼的小山。出生于温州城区安仁坊的玄觉禅师，就结茅于此参禅修行。其时中原文化在唐帝国的励精图治之下已呈辉煌灿烂景象。而强盛的中原文化流风对温州这海边小城却像激浪的余波，影响因地域距离之遥而有限。就以当时的宗教文化为例，像玄觉禅师这样在当地屈指可数的禅者，其修习过程中也难得名师点拨。当时六祖门下东阳玄策禅师来访永嘉大师，相谈间见大师出言与禅宗祖意暗自相合，就问玄觉大师：“仁者得法师谁？”玄觉大师告诉他，自己“于《维摩诘经》悟佛心要，未有证明者”。多么孤寂、闭塞的禅文化之旅呵！

就是在这座边城，玄觉大师以东瓯历史上文化拓荒者的身份出现了。真是千古一禅——这位思想者、一代宗师的风华神采有着上追前朝下启后学的震古烁今般的超迈。南朝时代，诗人谢灵运出为永嘉太守，他为温州的优美山水所陶醉，履迹所及，发为歌吟咏唱，遂成为中国文学史上著名的山水诗鼻祖。谪客谢灵运在温州宦居二年走了。从谢灵运到永嘉玄觉大师时代的二百余年间，永嘉山水诗风精灵隐隐。玄觉大师降世，这位土生土长的沙门行者以禅理精义创作的《证道歌》，使山水诗风依附禅歌而传扬，同时，使禅这一玄妙的精神体验借诗歌为载体得以阐发，也算是温州文化完成了一次落地生根抽枝长叶的实践。真可谓是禅里诗风不曾泯，而且山水诗风一经与禅意结缘，便保有了禅一样永恒的生命。不信？你去诵读诵读《证道歌》便会有所体会。

温州史称东南山水窟，奔腾数百里的瓯江，依城北入海，城区众小山错立如斗，华盖洞天、积谷飞霞等处处挹秀掬翠，各擅风姿。玄觉大师建寺禅修的松台山，更被人称有江月松风之胜，“江月照，松风吹，永夜清宵何所为”“境静林间独自游，走兽飞禽皆远去”……大师的《证道歌》里，闪光的诗思透析着清新明丽，毋庸置疑，玄觉大师得山水清气而契佛法妙旨。然而玄觉大师的高度也就是他长于胜境而不沉湎，面对自己确立的人生目标和宏誓大愿，敢于担当人生的终极考量，置身胜美林泉而生超脱，佛家也叫出离心。有事例为证——当时，他的同道、婺州浦阳佐溪山玄朗禅师召玄觉大师前往小住，信中盛赞当地山色风光。那里或许松荫遍地或许杂花生树，那里或许流云带彩澄潭凝碧……而此时玄觉大师对于禅修已是心无旁骛思无纤尘，他心中只有一个“禅”字。他恐玄朗禅师优游林下耽沉山水而生执著，有碍道业上进，于是休书相劝，指出“若未识道而先居山者，但见其山，必忘其道”。这是多么超卓的见地！现代人说，寄情山水，回归自然，而玄觉大师的脱俗是超乎自然的高度，是空，是寂……他创永嘉禅，他作《证道歌》，是超出了俗界看俗界，他把空、寂的体验结果表达在自己的作品上。

曾成金绘

经玄觉禅师立足松台日夜深研彻悟和精进不懈，松台山终于绽放出生命的莲花，作为温州土生土长的文化奇葩，永嘉禅学终于在一代高僧的精思中渐次圆融诞生，并随之在华夏禅学大体系中有了重要的一席之地。若干年后，玄觉大师跨出弥漫着禅的气韵的松台山，走出温州这座滨海小城，跋山涉水迢迢千万里来到广东韶关，到禅宗六祖慧能门下印证，借“他山之石”、借已受世人普遍推崇的禅学圭臬，为自己所领悟的禅的准确度和高度把脉。

禅的玄机，在俗人眼里永远是个参不透的囫囵。当永嘉禅

师独步禅庭，以一个不同寻常者的故我姿态出现在六祖大师这位禅学泰斗面前时，一桩禅林公案，在禅的机锋碰撞中爆出生命的火花，也使东瓯文化的活力喷薄而出。印证酬对一往一复，仿佛两位智者心灵间的“公式”推理按某种逻辑演进，六祖对玄觉禅师的见地和行门充分肯定。禅师辞别，六祖挽留道：“善哉，少留一宿。”从此佛藏和中国文化史上，便有了一个温州永嘉一宿觉禅师的宏名。后人有评价，六祖禅门鼎称三柱石者，永嘉玄觉、青原行思、南岳怀让也。

然而对于玄觉大师的成就和影响来说，仅仅有此定位似乎还不够，大师所开创的永嘉禅，有如美丽的松台山出现五光十色的瑞霭祥云，在人世间大放异彩。大师所创作的蕴含着永嘉禅法精义的《证道歌》传到日本，传到朝鲜半岛，流传东南亚，佛教故国印度的僧人们诵读之余大为感佩，赞之为《东土大乘论》。

《证道歌》是永嘉禅的通俗化的阐发，是玄觉大师禅修的成果结晶。如果仅仅说其禅理的精妙，那么这一禅歌所包含的深玄义理和同类佛典无异。而从我国社会发展史中可以看到，这种深玄义理在宗教文化中最容易造成旨趣的孤高而曲高和寡。古代笔记小说《宋稗类钞》里有这样一个故事。元朝文宗皇帝一日召见博学多闻的大臣孛木鲁翀时，问道：“三教对比那一宗教最具社会价值？”孛木鲁翀回答说：“佛教好比黄金，道教好比璧玉，儒教如同五谷。”文宗听罢说：“这么看来儒教的价值是最贱陋的了？”孛木鲁翀回答说，黄金璧玉固然珍贵，但民生如果缺少了它并无大碍，而世上对五谷的依赖却一天也不能或缺。在这里，孛木鲁翀的评价暗指了释道宗教的现实作用因形而上方面的局限而存在与社会关系疏离。道理很接近，永嘉大师的高明之处是站在学说教化的最大视角，努力拆解禅和生活之间的藩篱，针对受众面，有效调适不同文化层次习禅者的消化胃口而创作此禅歌，令妇孺皆宜，最大限度地使禅学、佛学与社会、与民众走得更近。

“君不见，绝学无为闲道人，不除妄想不求真”，这禅歌读来晓畅易懂，朗朗上口，像平缓舒徐的松台山一样，让民众易于接近，同时也让自身接近于民众，把甚深微妙的永嘉禅转化为即真即俗的民众之禅，永嘉禅学普及教化的高度在此凸现；再看“住相布施生天福，犹如仰箭射虚空；势力尽，箭还坠，招得来生不如意”，把人生立意，提高到宗教学说中的无上境界；而“一月普现一切水，一切水月一月摄”，这些充满文学才情和思辩哲理的警句，透露着松台山山水的灵性……甚哉禅之歌，永嘉之禅无疑成了东瓯文化的高峰，禅学的高峰，使人仰之弥高，即之愈亲。于是千百年来，后人便对这永嘉禅发祥之地松台山顶礼膜拜，并在这有着禅境诗意的松台山巅兴建宝塔以增其高……

写了这么多，还是只能作俗人之解，从某种根本上说，还是有违禅意，有违永嘉大师的本愿，大师不是说了嘛，“若未识道而先居山者，但见其山，必忘其道”。又有道，“法身觉了无一物”“觉后空空无大千”，应该说，最有高度的还是诞生于松台山而代代流传于人们心口上的永嘉禅学文化。

绚曜文明望华盖

华盖足为王者之征，华盖是温州这座斗城中一颗清亮耀眼的大星。

史称“天下第十八洞天”的温州华盖山，还有一个至尊的名字，叫“资福山”或“紫微山”。华盖北倚海坛以挹瓯江之潮，南耸积谷以望苍翠，登其巅舒展襟怀，有傲视江海城池、一览江山之豪迈气概。赫赫然神乎哉，相传上古黄帝时，仙人容成子在此落脚修道，此山因而在道书上被誉为“容成太玉之天”。在此后的历史岁月中，隽秀华盖风流蕴藉：晋朝时，我国风水大师郭璞指导民夫在此沿山脊筑城，为温州文明留下了历史痕迹；唐代著名道教理论家杜光庭撰《洞天福地记》，为此名山镌刻下“洞天仙阙”的天篆；声名煊赫的宋朝“金门羽客”、温州名道士林灵素，也曾在此山的资福道院高扬过“通真庵”的旗幡……以这种天下名山的身份，是很值得对掩蔽于寰区尘氛中的华盖山作一番文化的稽索的。而温州的东瓯王庙就选择在此华盖山下兴建，大概就是想沾有华盖的王气、洞天的灵气吧。

王者为大，华盖山上的诸多庙亭泉石，不过是附丽于胜域的配角，是江山的扈从。

温州作为东瓯国故地，古时亦呼为歧海。悠悠上古，茫茫大海边的这一片世界，自越王勾践后裔东瓯王封疆治域，海蜃蜃气化炊烟，山林沼泽筑窠巢，想当年，华盖山还是东瓯泽国泥淖中的一座小岛，东瓯王们便捋起袖子，带领着断发纹身的东瓯先民们筚路缕篮、披荆斩棘开辟出自己的家园。尧功禹范，从来是史上颠扑不破的德业，先驱者拥有开拓之功，肯定是值得纪念的。巍峨的东瓯王庙大门口，有对联为证：画野分疆瓯脱江山开辟早，务农兴业海隅民物阜康初。这就是客观称颂历代东瓯王对温州的历史功绩。司马迁曾经感慨：越虽蛮夷，其先岂有大功德于民哉，何其久也！

人类社会，不能也不会永远停留在刀耕火种、结绳记事的时代，与画野分疆、率民渔猎耕稼的浩浩开辟之功相比较，东瓯国在岁月沧桑中的社会发育便出现了“营养不良”现象，社会发展的幼稚病开始显现。遥想当年黄帝的史官仓圣仓颉在秦地仰观北斗魁星，俯察世间万物而创造了文字，华夏文明初现曙光，以至于“天雨粟，鬼夜哭”。而若干千年以后的东瓯王时代，边鄙的东瓯国文明还迟迟未得开化。后来的《孝武本记》上说，“东瓯王敬鬼，寿百六十岁”。这里所说的“敬鬼”，大概是盛行一种极端迷信的巫邪鬼蛊之类行为。没有人能考证当年东瓯王的寿数，但其“事鬼好巫”流风直到晚唐还被世人所诟病却是事实，文人陆龟蒙在他的《野庙碑》一文中就有调诮，“瓯、越间好事鬼”等语。“事鬼”行为之于整个社会肯定是一片混沌、乌烟瘴气的愚昧落后现象。想象起来，当时的东瓯国举国上下，应是充斥着土著和部落社会的色彩和游戏，于是东瓯人当年被衣冠之国视为另类，东瓯国被中原文明视为化外之邦。此时，华盖纵然是最显赫的王者冠冕，在世人面前也不免显得猥琐。

在往古的华夏文化中，王者是推行以德治国的先率，仁义忠信方面的道德准则构成王道的精神体系。华盖山和东瓯王古迹等自然和人文景观的组合，使这兆示文明的北斗之城露出史书的一角，还有山上的旧城基址、大观亭等，这里所沉淀的文化，可供窥测王道的往复，可以为历史的臧否提供足够的考量。

较之早期东瓯王“敬鬼事巫”之类意识形态领域的乖谬，更有甚者，后来一阵阵恍如梦魇般的政治迷惘症不时扰乱东瓯王的政治思维，东瓯王家族的蒙昧失聪开始表现在与王道的刚性叛离，后世的东瓯王常常与汉朝廷之间发生抵牾。大史家司马迁在他的《史记》里撰《东越列传》一章，对包括东瓯国在内的瓯越国史事作了记载。翻开该传发现，直到文景之世，大汉中原已偃武修文呈现治平景象，远离华夏政治中心的瓯越诸国还在迁延中原战国时代的战火余烬，相互攻略杀伐。在史迁笔下，这些攻伐根本就是一场场没有灵魂的战争，徒以百姓的生命为代价而博取霸业。在这一章里，史迁通过时人之口对瓯越国当时的时政动因作重复提点的有三个字，即“数反复”。一处是汉建元三年，闽越发兵围东瓯，汉武帝问计于太尉田蚡，田蚡对汉武帝说，“越人相攻击，固其常，又数反复”。另一处是东越王馀善叛汉被诛杀后，汉武帝说，“东越狭多阻，闽越悍，数反复”。加上七国之乱时东瓯王跟从吴王濞造反，最后又杀了濞等。因此，这其中的是是非非，这“数反复”，似乎认定是瓯越王，包括东瓯王家族的劣根性，其中包含着政治的信任度，起码说明你瓯越人不讲信义，兄弟阋墙，反复无常。当时汉人肯定不会忘记，先秦商鞅变法而南门立木，也就是为了向人示信。在古人的治国理念中，特别强调仁义忠信的道德规范。你瓯越国这种可归入离经叛道的行为，是封建朝廷最忌讳的做法，也是朝廷最需指斥的现象。他们缺失信义道统，离儒家文化的价值观何其远也。

时过世迁，纷乱的年代邈远了。但反映一个时代精神意识坐标的史迹还留在华盖山上。如果历史的必然性可作推理，我们是否可以说，战国秦汉之初，封建忠信道统思想未得到推尊，文明思维还不能降服东瓯等边鄙荒蛮邦国的野心。而二千多年后的清初，华盖山大观亭上上演的一场风波，可以让人们看到二千多年封建王化的力量。清代康熙初年，闽地耿精忠叛清，其部将曾养性谋攻温州城。温州总兵祖宏勋暗中策应曾部叛军，邀当时的温州巡道陈丹赤、永嘉知县马琾至大观亭，胁迫其叛清。作为一位饱学儒家文化的封建朝廷的吏员，陈、马二人对背叛封建文化价值观和伦理标准的行为断然拒绝，不惜以性命捍卫忠信，血洒大观亭，如此，华盖山又多了一处殉身封建教化的实例。

归属于文明范畴的信义失范，真犹如北辰失度，星曜失色，带来的结果是社会的动荡不安和百姓的流离苦难。就在《史记》记载中瓯越国两次出现“数反复”之后，随之是两次的举国民众大迁徙，东瓯国百姓扶老携幼离乡背井，将雏带口，千里艰难跋涉徙居江淮间。此时的东瓯国，后人取象昊天、寓意文明昌盛的东瓯斗城，晦暝无光。现实，留给人们的只有祈望和呼唤文明的沉重心理。

对历史的苛求，只能引起人们认识的畸变。其实，在星曜生辉的东瓯，这种对文明的祈望和呼唤是一直没有休止的。在华盖山西麓山脚下，资福道院下方，东瓯王庙的左侧，还有一处胜景，唤做“蒙泉”。该一泓清泉来得神奇，它从一处墨绿色天然青石岩根处流出，汩汩不竭，注入一个酷似砚槽的石罅中，终年不涸不溢，市民们称此石罅为“砚瓦槽”。砚者，文房之宝也。流入砚槽可以研墨化作文字的清泉自然是神圣的。俗传，旧时温州城内幼童发蒙入学，拜过孔圣人之后，便会到这里的砚瓦槽内恭恭敬敬地舀一勺清冷的泉水去濯洗双目，以祈愿读圣贤之书能心地聪明。不知这习俗起源于何时，或许蒙泉是否含有特殊矿物质也未可知，但人们可以感受温州历代民众的启蒙心态 —— 个体生命的幼稚蒙昧，人们冀望华盖山下的一泓清泉可以肇启一方习俗予以洗濯，那些始于远古洪荒，历经东瓯王那个时代，历经漫长的社会演化而仍然垢积于人们心灵间的、诸如信义缺失之类的社会文明的蒙昧，得华盖山下的蒙泉浇濯是否可以疗愈？

我想，形胜江山，北斗城池，天地造物已为点化文明作了铺垫。

积谷山下看文明储积

依山临水结庐筑室自古是人居环境的最佳选择，山水的周围便有了雅居名宅及斑斑驳驳层层叠叠的人文积累和遗存。

温州的积谷山也是如此。

漫说积谷山上烟波浩渺信难求的飞霞洞府里的神奇故事，及仙人刘根的神迹仙踪；暂缓去探究山上经漫漫岁月被风雨侵蚀而斑驳模糊的摩崖题刻及其文化背景，积谷山就以峻拔的姿态，为我们备下了丰盛的文化大餐。

依托积谷山，有一条无形的文化“中轴线”。

当年，中国山水诗开山之祖谢灵运所建的池上楼，开凿的春草池就是这“中轴线”上的一个起点。南宋温籍诗人许及之写道：“谢客纾目力，郭公看地形。”这谢客就是谢灵运，郭公即晋代地理大家郭璞。温州后人把郭璞和谢灵运相提并论，推为东瓯的两位客籍人文先锋，这种鲜明的文化旗号，使积谷山和温州众山一样，有了深刻的人文烙印。这里提到郭公，是为了记取积谷山取名中所涉的文化概念。前人传说，郭公这位地理大家当年在相度建造温州这座斗城时曾说，城绕山外，当骤富盛，然不免兵戈水火，城建于山，则寇不入斗，可长保安逸。郭公确是一个深谋远虑之人，姑且别论他的“造城论”和引申的“富盛论”带有多少的局限性，但古代围城之内必有粮，才能长保城池无虞。前人将郡东南之山取名积谷山，除了山的形似之外，使人习惯性地想到“积谷防饥”这一俗语，积谷山其名，就像包含着一种心灵语言，寓示人们防止人类食物的缺失，大约也向温州人揭示了一种带公众性理念的储积概念。

谢灵运是中原豪族中析出的一颗文化种子，为温州的文化储积捐献了情感和腹笥。南朝刘宋朝廷，饱读诗书、才华横溢的故家子弟、世袭康乐公后裔谢灵运受新贵排挤，出为永嘉郡守。“昔日王谢堂上燕，飞入寻常百姓家”，谢公如豪族中的一块璞玉，抛落在偏僻的东瓯海滨，击起的是诗的涟漪，是文化的经久的反响。温州城内便也增添了不少与谢公有关的文化符号：谢池巷、康乐坊、池上楼、春草池……

池上楼就是谢灵运寄情山水抒怀吟咏的代表作。

尽管后人在千年的沧桑世变中对池上楼的旧址存在异议，

但现实的指向，已经将它的落处定格在积谷山下——在这里，当年的谢太守以一位诗人出于体验山水的需要，带着京城繁华的希冀和着眼东瓯民居的质朴现实相结合的审美构思，在这座东瓯名城之内，在积谷山下，开凿池沼，兴筑楼榭。计以时日，一座有别于市廛民居的建筑，在一池春波的倒映中落成，这就诞生了池上楼和春草池。它虽然没有前代铜雀台那么华贵，也没有后来的滕王阁、岳阳楼那么高迈，但谢公可以在此感受永嘉山水之美，可以在此捕捉诗的精灵。于是朝夕吟咏，便有了一阙阙山水华章的储积，便有了“池塘生春草，园柳变鸣禽”这样的千古佳句。有人说他的诗歌是“出守既不得志，遂肆意遨游”的境遇下的颓唐咏唱也好，或是他心事郁郁，发为歌吟也罢，但让失意的谢公出乎意料的是，华夏诗的精髓，没有因他的命运的偃蹇而削弱衰微，这位谢康乐以一个诗人对永嘉山水的理解，结合自身对诗歌艺术的认识，开创了一代诗风。如果我们截取历史的剖面，我们还可以拿浔阳柴桑的五柳先生陶渊明来互为参照。当年东晋晚期至南朝时代，举国上下盛行玄言诗之时，唯有柴桑陶渊明和永嘉谢康乐不落窠臼，为世人、为沉闷的华夏诗坛送来了清新的、带有田园山水清气的新风，使中国的诗歌发展史在东晋至南朝期间，形成山水诗和田园诗双峰突起一改旧观的风格和相映成趣的瑰丽场面。谢康乐倡导的这股诗风，从当时永嘉的山间水面吹来，从池上楼吟啸而出，生发出一种全新的诗的概念，使后世诗的王国，多了一个山水诗派这一新的诗歌流派。人们说山川资俊杰，这不能不说是像积谷山这样清丽的永嘉山水，成全了他在中华文化史上的千古芳名。互为因果作用，永嘉的山水，因为有了谢康乐的诗篇而显得高雅，谢康乐的诗篇赋予了温州山水文化恒久而强大的生命力。

历史可以见证，池上楼和春草池就像山水诗的眼睛，对服膺永嘉水土者不断眉目传情。

—— 宋代的永嘉四灵肯定不会少读谢康乐的诗篇，你看他们精秀清圆、曲尽风雅的诗作，当时的永嘉诗人薛嵎曾云："四灵诗体变江西，玉笥峰青首入题。" 传承康乐山水诗风，使四灵之诗更具灵性 。

—— 往后岁月里的东瓯士子学人，也肯定没有忘记这块山水诗的发祥之地。宋元明清以来吟唱于温州城乡的《东瓯竹枝词》，虽与山水诗体殊而旨趣关联，其中不乏山水诗的元素。

—— 推而广之，从更大的意义上去发挥，在我国诗歌发展史上处登峰造极地位的唐诗宋词里，山水诗风的沁润更是无处不在，就更是不胜枚举了。

……

社会的发展，一直都是在兴废的交替中艰难前行。曾几何时，人们诵读着山水诗，人们吟哦着《登池上楼》，而历经唐宋元明的历史尘烟，作为中国山水诗的精彩写照，积谷山下的池上楼，这座简约而充满诗的情彩的名楼不见了，“郡郭东南积谷山，谢公曾是此跻攀；今来唯有灵池月，犹尔婵娟一水间”。自唐以后，人们面对这处文化名胜，心底萦回的诗情少了一处依托，庄严的积谷山兀自矗立着，缺少了一种文化的对话，显得孤独又寂寞。

没有哪一种感受有文化的记忆那么深刻。后人面对积谷山这处文化名胜的颓废所表现的失落感和遗憾，甚或是对这一历史文物的凭吊，开始变成了一代代后人对文化回归的强烈呼唤。到了清

曾成金绘

代道光初年，从湖南粮储道任上引疾辞归的郡人张瑞溥怎么也忘不了东瓯故乡这一山水名都，还是一心念念不忘谢康乐及其山水诗。于是，他来到了当年幽静的谢池巷尾，积谷山脚，购地十多亩，兴建山水名园。名之曰“如园”。作为对前代文化的记忆，这座张宅花园内重建了池上楼三间，还增加了怀谢亭、春草轩等标志性的诗意建筑。张大人对文化嗜古的意趣就鲜明地体现在如园建筑的一草一木一椽一石上。你看如园的对联：“春草池塘仍旧跡，东山风月绘名园。”如园和池上楼的兴建，仿佛引领人们登上历史的骚坛，领略了谢康乐倜傥风流的神采。于是，如园里，池上楼上，春风习习，这里，飘逸出来的，似乎是东瓯文化的风尚。

时间的久长和地域的远遐，不仅永远割不断这种文化的延续和传承，一段段激昂岁月反而历练了社会进步。时至当今时代，旧日张家如园，及年代更远的池上楼等文化建筑，已经打破了过去官僚阶层孤芳自赏的“象牙之塔”的身份，开始走向面向市民的大众化，走向文化的普及化。20 世纪 90 年代政府投入资金，重新修复岌岌可危的如园及池上楼等建筑。而在此时，远在河南开封的如园第五代传人张亦文老人，便将当年如园的旧物——“春草池塘仍旧迹，东山风月绘名园”这副名联，重新送归修复后的如园。可以想见，当年张家老少徙居外地，他们是带着对故园文化的不舍和眷恋，带着对东瓯文化的久远相期的信心而离开如园的。似曾相识燕归来，倘若张家先人有知，倘或谢公有知，欣闻积谷山下日渐浓厚的乡土文化气息，肯定将会更加眷恋这东瓯旧家。

此时我们似乎可以说，一种文化从废到兴的过程，也是一种文化积累的过程。这种积累只要催生文化躯体的复活，那么它的文化灵魂会来得更毅伟。从积谷山下的池上楼、如园的修复，再从“池塘生春草，园柳变鸣禽”的佳句，到“春草池塘仍旧迹，东山风月绘名园”的追怀，还有庞厚的山水诗文化，这种宏富的积累，非积谷山这样峻拔的名山不能匹其俦。

如今的积谷山下，如园幽雅、池上楼赡丽、春草池汲聚了积谷山山泉，依然清冷纯洁……望着名山，望着这景观，使人在感念天地之悠悠的同时，忽而若有所悟：哦，积谷山，古人说积谷防饥，在物质世界里，你警示世人储备的是果腹充饥的口中食粮，而在历史文化的演进上，你的意义在于示人以积聚文化，防止精神的贫乏化。

海坛山上看沙涨

当年海坛山拔起于瓯江之滨，人们最乐于见到浩浩瓯江之水千百里奔流而来，冲撞着海坛山山脚的危岩巨石，打转着漩涡，发出“哗哗”的声响，流向苍茫大海。

海坛山枕瓯江而卧伏白鹿城之东北。以海运作为温州对外交通最有利优势的年代，海坛山是海舶渔人心目中的胜域。历史上，海坛山上下有嘉福寺、天宁寺、悟真道院、海神庙、杨府庙等宗教建筑。寥廓江天，雕楼飞甍，海坛给人们带来的是十足的信心和希望。海航启碇或拢岸，舟人从海坛山上下，烧香酬神，祈求平安，故尔海坛山又名“上岸山”“报恩山”。

或者说芸芸众生把信仰活动当作是驱除心灵负面郁结的一种有效方法之一，那么登跋钟灵毓秀、雄视海天的海坛山，领略恢廓的江天气象也能产生积极的能量，帮助人们战胜心底的忧怯。

以史为例，早在1500多年前，南朝永嘉太守谢灵运曾登临海坛山一抒心中块垒，以调适和缓释心灵的负重。《太平寰宇记》卷九九有“东山，子城西四里，其山北临永嘉江，东接沧海，谢公游此，望海诗云……”，明万历《温州府志》卷之一亦有“海坛山，在郡东北，域沿其上。西麓曰慈山……谢灵运诗：开春献初岁……”等记载。那是南朝宋少帝景平元年春天，一个春明景和的日子，峨冠辉焕、衣带飘逸的永嘉太守谢灵运拾级登上了镇控江海的海坛山。谢灵运是带着被朝廷新贵排挤的落寞和郁闷心情，来到当时尚处边蛮之地的瓯地永嘉的。寄情山水，成了他排遣郁愤情绪、抒发满腹才情的一种方式。在谢灵运的潜意识里，也肯定还有挥之不去的政治使命感。春日登海坛山，他本来想借明媚的春光，展望寥廓海天，驱除心底的阴霾，抒发胸中抱负，以创造轩敞的心境。然而海坛山山脚下唯有水声一片，寓目处海天苍茫，谢太守虽然有心吟花咏柳，无奈旧情感伤，只有“念天地之悠悠，独怆然而涕下”的孤寂无助，抑或还有“借酒浇愁愁更愁”的惆怅。于是，这位大诗人便黯然抛下《郡东山望溟海》一诗作为其时其地心灵的写照，诗云：开春献初岁，白日出悠悠。荡志将愉乐，瞰海庶忘忧。策马步兰皋，绁控息椒丘。采蕙遵大薄，搴若履长洲。白花皜阳林，紫虈晔春流。

非徒不弭忘，览物情弥道。萱苏始无慰，寂寞终可求。

也许是谢灵运命中注定时运未济，也许是当年偏僻的温州离文明藻发尚需时日，登海坛望沧海，谢灵运的人生终也未能遂志。海坛山斯守着一江流水年复一年……

星移斗转，转眼间又过了数百年，此时神奇的海坛山下，忽然不知从谁人的口里开始传出一句顺口溜：“海坛沙涨，温州出相。”很快，这句顺口溜契合了温州民众心底的一种景愿，迅速在温州民众中口口相传，成了流传千百年不衰的谚语。

“海坛沙涨，温州出相”，这是什么意思？谚语很浅显，就是说某一天海坛山脚下湍急的瓯江中出现积沙，温州就有辅弼人君、匡扶社稷的人杰出现。这有科学依据吗？我们努力作“解谶”般的猜想而不得要领。于是我们只好认定，发明这句谚语的彦才，是以玄虚的风水理念，创造了“环境决定论”的论调，故意让世人去拆解东瓯人才与地理环境转变的关系。或是从深一层意义来说，以江河地理环境变化作理论铺垫，树立封建社会学人士子人生终极追求的这一个体目标以带动群体，以期温州在地域文明中能出现文星煌煌而迎来焕烂辉灿的局面。

却也正好，东瓯的文运，在谚传中开始昌明。自从这句谚语在温州传诵开始，大概在南宋吧，温州即一改隋唐时代科举

曾成金绘

的颓运而萌发春意，而且一经发轫，便满堂春色。举南宋为例，据史料记载，在封建社会擢才取士最权威的科举考试中，南宋 150 多年间温州共考取进士 1100 多名， 在当时全国科名最盛的浙省各州中排名第一。真可谓地灵人杰，赫赫然光耀于牛斗。

当时南宋温州学子木待问曾被舆论曰为是“海坛沙涨，温州出相”的“应梦贤人”。木待问于1163年应礼部试，中“省元”，又因皇帝居丧不能临轩亲策而以“省元”擢为状元，时年仅 24 岁。木状元以年少英才掇巍科，温州父老对他寄予了相当的厚望，热切希望他“致君尧舜，匡时济世”，于是人们对他的嘉勉之声不绝，恭维之声鹊起。如同乡好友甄龙友在他的《南乡子·寿木状元》一词中，特别提到“海坛沙涨”这句谚语，以示谶说的徵应，词曰：十月小阳春，放榜梅花作状元，重庆礼成三日后，生贤。第一龙飞不偶然。劝酒自弹弦，更著班衣寿老仙，见说海坛沙涨也，明年。此夜休嗔我近前。其时，迷信这句带谶语成分的谣谚的，不仅仅是文人甄龙友一人，就连当时的状元王十朋也在木待问的脱颖而出和“海坛沙涨”现象之间划上必然的等号，他在《答木状元》一文中赞道：“成赤壁之捷，年正类于周郎；振赋海之名家，符涨沙之胜地。”当时的东瓯社会，对士人的使命要求真的达到了一个新境界。

“海坛沙涨，温州出相”不仅昭示温州人才的发展机遇期，从某种程度上来看，也确实成为勉励温州士子奋发向上的精神嘉言而被世人引用。到宋末，温州乐清出了位叫刘黻的士子，中景定三年进士。刘黻忠勇耿直，一身正气，和抗元英雄文天祥属同一人格特征。文天祥在《贺刘尚书黻》一文中就引用温州谚语，以“采石江流，更展中书之略；海潭（坛）沙涨，谠符宰相之谣”的话语激励之。

……

历史，似乎对谣谶的现实可信度给出了结论。明万历《温州府志》言之凿凿地记载：“童谣云，海坛沙涨，温州出相。宋咸淳间郡人陈宜中、皇明宣德间黄淮、嘉靖间张孚敬大拜，皆如验。”但我觉得，这些高官，包括宋以来的状元等，他们在中国历史上的“政治亮度”和“谣谶上应天命”的天人感应高度来对比衡量，他们还是非常渺小的。温州并未有功高伊吕、业乎萧魏的人杰横空出世。而我们倒是觉得，这谶谣却是社会文化背景下的呼声。试想，如果单单认为这谣谚是风水理论的产物，风水祖师爷郭璞东瓯相地，温州也算开风水习俗之先，但那时尚未有“海坛沙涨，温州出相”的记载传闻，谢康乐时代没有，隋唐时，也未闻该谣，唯其到了宋代，东瓯人文蔚起，才有该谣谚传诵。我们有理由相信，其实这就是一种社会文化的呐喊，喊出了东瓯学人士子决心摆脱平庸、追求进步，从而达到实现封建社会知识分子人生最大价值的心声。

谣谶为证明自己的可信度，有时会把偶然设定为必然；历史，有时也会用因果推理的倒置法来下结论。我们不去求证谶谣与温州人才产生的必然性关系，我们且去粗略推求东瓯产生人才的过程。如果我们跳脱“海坛沙涨，温州出相”这句谚语所指向的狭隘的地理环境空间，抛开谚语中包含的迷信成分，我们倒真觉得“环境决定论”有它现实的一面。南宋时，都城迁来临安，京都离温州近了，温州在国内地理大格局下环境地位变了，这似乎是决定温州人文蔚盛的一项重要因素。其时温州从地缘上与文化中心接近了，社会经济发展了，学子得科举仕进风尚熏习更深了，科考行程更便捷了等，都得益于这个地理环境大格局的转变。

而时间到了明代，似乎东瓯地气又一次“回暖”，温州真的出了二位名声显赫的阁臣，那就是万历《温州府志》上提到的“应谶”之人——城区的黄淮和永嘉场的张璁张孚敬。以张孚敬为例，张孚敬的出生地永嘉场背靠大罗山，东临大海，年年岁岁，大片的海涂淤积为“吉壤”，并被勤劳智慧的永嘉场百姓辟为盐场和田园，其地理环境的优化和人才之间关系却也真符了“环境决定论”的逻辑。明时，永嘉场盐业发达，经济条件好，“仓廪实而知礼节”，才人学子凭借坚实的经济基础，专心力学，去实现自己的抱负，人们不必登海坛山“验证”瓯江中是否沙涨，张璁就成了主观努力下典型的“环境决定论”的产物。

“海坛沙涨，温州出相”，历史的宿命观，为温州文化品位的追求树立了一种期待。时至今日，物换星移，尽管海坛山脚下的涨沙之处或已成了宽阔的江滨大道，但“海坛沙涨”作为美好的记忆，至今仍铭刻在温州人的大脑里。“海坛沙涨，温州出相”作为文化的呼唤，在温州人的心口里一直没有消停。

江心有诗称浩然

来温州的外地人几乎没有不去温州江心屿游览的。

江心孤屿孤立在瓯江之中。全岛呈小巧玲珑状，东西双塔雄峙，青翠蓊郁的林树，掩映着黄墙黛瓦的庄严梵刹，显得深玄隐秘。烟水阻隔处，遥望孤屿如浮泛于江流上的凫鸟，如游泅于波涛中的螭龙，随潮起伏。隔水相望，寓目处既有山峦的凝重，又有小岛的柔婉。

江心屿最宏富的文化遗存是诗歌。早在1500多年前，南朝诗人谢灵运出任永嘉太守，这位才情俊逸诗思郁勃的谢太守在历览永嘉山水之余，不可能忘却对近在咫尺的江心屿的歌赞。他的名作《登江中孤屿》有句云“乱流趋正绝，孤屿媚中川。云日相辉映，空水共澄鲜”，以雄键的笔触，勾勒了美丽孤屿赋予人们的浩邈意境。自此以后，这座媚人的岛屿，引得历代骚人墨客面对它的自然和人文景观歌咏不绝。据多年前编辑的

《江心屿历代题咏选》辑录统计，截至清代，历史上咏唱江心屿自然风光和人文景观的诗词有430余首，加之近当代的，总数不下800首。小小江心屿上的诗真是多得春如绿叶青，秋如落叶黄，况且每一首诗都是一方美好的心灵世界的展现，把个孤屿点缀得五彩缤纷，就如为孤屿铺了一层厚厚的诗的锦褥。江心屿不愧是名副其实的诗之岛。

谢灵运来温守郡时，公暇之余畅游江心，这是客观的情理中事，江心有这位山水诗鼻祖的诗章自不待言。历史上，除了宦游永嘉的太守谢灵运，温州文化史上早期远道来江心屿触景生情发而为诗的，还有中国历史上诗歌发展巅峰时代的盛唐大诗人孟浩然孟夫子。孟夫子千里东瓯访客，甫下舟车就被孤悬中流的江心气势吸引住了，一趟江心之游使他回味无穷，写下了“众山遥对酒，孤屿共题诗”的佳句，较之谢诗的清婉，不看全篇，从断章摘句来感受，孟诗显示了恢廓的气质。正因有此意境恢廓豁达的佳句，江心屿的诗魂除了有山水诗的灵秀，便兼得以与孟夫子的浩然之名相律动，代代相生相续而产生最能感染情绪的力量。而诗仙李白、诗圣杜甫等唐代诗坛巨擘，虽未来过永嘉，但也久闻永嘉山水和江心屿的大名，也来凑趣“附庸风雅”，李白在他的《与周刚青溪玉镜潭宴别》诗中写道：“康乐上官去，永嘉游石门，江亭有孤屿，千载迹犹存。”杜甫在他的《送裴二虬作尉永嘉》诗中说：“孤屿亭何处？天涯水气中。”他们乐于拿美丽的江心屿这座温州的地标作合理的想象，将想象的水云浩渺中的孤屿，写进现实的生活写照里。

江心屿沧海横流的劲健，既然和浩然的诗风依存于一起，便会经常产生感人的新诗，使人感知历代文化人的经纶才调喷薄而出，让人感心动耳而荡气回肠。这声音里夹带着指点江山经纶济世的书生意气，又使美丽的江心孤屿平添风流。且看南宋绍熙年间婺州永康籍的状元陈亮陈同甫，他和温州众多有着诗一样气质的俊杰之士在江心屿就有过一场群英之聚。陈状元从家乡婺州出发沿瓯江顺流而下，江心成了他最理想的旅吟之地。一个秋风乍起的时节，温州众俊彦饯别陈同甫。半壁江山，长天秋水，偏安东南时局下的文人，绝无新亭对泣的徒自无奈和伤感。陈同甫慷慨以歌，他以焕烂的诗情，去烘托和渲染这一离愁的场面。他填词《南乡子》一阙，道：“人物满东瓯。别我江心识俊游。北尽平芜南似画，中流。谁系龙骧万斛舟？”多么豪迈的气魄，仿佛东瓯人物风流云聚，俊彩星驰，仿佛这里积聚了图谋恢复、经略河山的巨大力量。真可以说是豪兴所致，把原本一场弥漫着离愁别绪的宾主相饯的聚会，期许为一番风云际会，把对真挚友情的呵护，寄托于慷慨的浩歌。

文人腹笥有锦绣，这肯定来自浩然之气的感染。温州乐清人，宋朝绍兴年间状元王十朋，早年曾寄身江心屿寺院攻书苦读。多少个朝霞满天的早晨，多少个落日黄昏，才华横溢的王状元伫立江心屿读书台朝观行云暮观流水。他曾以巧妙的构思为江心的水云世界撰下“云朝朝朝朝朝朝朝散，潮长长长长长长长消”这一千古奇联。而今，这副奇联还镶嵌在名刹江心寺的大门两边，让后人去体味江山流韵。而有感于其年宋高宗皇帝高张着黄罗伞驾幸江心屿，“圣主南巡驻六飞”，文武百官冠盖云集孤屿的盛大场面，思及封建社会里王道亲民的一幕，王状元便一反游戏的笔触而为洪钟大吕的放亢高歌，欣然挥动如椽大笔作诗赞道：“北斗城池增王气，东瓯山水发清辉。”好像江心屿的诗思所及，承载了大宋江山的盛衰沉浮。

同为南宋状元，庐陵文天祥忠心耿耿经略江山匡扶宋室的苦心孤诣，更能催发浩然之气。他是抱着胸有正气歌的襟怀，一路躲避元兵追捕而匿行来到江心屿的。仿佛是江心孤屿中流砥柱的坚强形象契合文天祥誓挽狂澜的孤忠个性，他为了寻找宋室益、卫二王，留居江心一个月而四出活动。他的《北上宿中川寺》一诗起首两句就是“万里风霜鬓已丝，飘零回首壮心悲”，一腔忧时伤事的悲怆之情，直教千秋万代中华后生对这位民族英雄的忠忱之志产生感泣。他对江心孤屿卓立中流的形胜，对东瓯大地寥廓南天的浩浩苍苍气概赞赏有加，其《江心寺》诗曰：“晏岁著脚来东瓯，始觉坤轴东南浮。何年飞来两巨石，孤撑肮脏分中流……”这些悲声和赞歌，激发的是抗敌的力量，揭扬了波澜壮阔的历史画卷。此后文天祥历尽艰辛，离开江心，辗转闽粤，高举抗元的大旗，一副孤忠的气节，可惜壮志未酬，最后被俘，一路浩歌走向刑场。他把自已壮怀激烈的一生，化作充满浩然之气的正气歌，供后人千秋景仰。

人们说，中国是诗的国度，而我们也可以说，江心屿是神州的缩影。“江山如此多娇，引无数英雄竞折腰”，江心屿的浩歌，在历史人物的项背相接中积淀得愈来愈丰厚，至而今“众山遥对酒，孤屿共题诗”的雅聚仍在承续于时代的盛筵，“云日相辉映，空水共澄鲜”的美景没有淡出人们的视线。春城烟雨、孟楼潮韵、瓯江月色、塔院筠风等江心十景及众多的景观，正以不同的姿彩，引发人们高歌长吟。

明朝万历年间，时人在江心屿文信国文天祥祠前兴建浩然楼，使这美丽的江心孤屿“以壮观瞻”，这是对后世、对未来文化的憧憬，也是希冀浩然诗风的蕴结。期盼江心屿在新时代里，应产生诗的新境界新高度，以壮诗岛观瞻。

坡南老街的延伸

平阳坡南老街径直往南三四里地有一石亭名“岩头路亭”。

我把岩头路亭视为坡南这条沧桑老街风景线的延伸，不仅是因为距离上的相近，从抽象意义上说应该还有一丝文化属性方面的贴近。在我的感受中，对照坡南老街丰满的文化形态，这路亭所遗留的一段老街文化涵义中包含的人性特质，给人印象至深。如果不是有关人士筹划要对平阳坡南老街进行保护性开发，谁也不会想到把这座破路亭和老街上的建筑作为同一个层面上的文化组合。

那是 20 世纪 70 年代初期，农村经济萧条，农家惯会搞一些家庭副业以资家用的。祖父和邻居们一样，从事豆芽培植，当地称为“淋豆芽”，农闲时几乎是日产一桶，从老家沿塘路挑到二十里路外的县城售卖。岩头路亭坐落塘路上，投眸间城南龙山文明塔矗立眼前，坡南街的文化和生活声息咫尺可闻。祖父每天凌晨大约 2 点多，提着桅灯挑担出门，中途便在岩头路亭歇一歇力。

忽然有一日凌晨，祖父挑担进路亭时，发现黑暗的路亭里有三四个人，地上还躺着一个人发着“哼哼呼呼”的声音，如哀如诉。祖父觉得奇怪：“谁呀？”祖父拿桅灯一照，大吃一惊：是信树师！已被塞了嘴五花大绑了。原来祖父相识的这位信树师是附近一家寺庙里的出家人，那年代寺庙里不得安生，身材魁梧的他便到公社办的渔场里当管理员看守渔场。祖父一见这种情形，一切都明白了。原来这几个偷鱼贼在行窃过程中被管理渔场的信树师发现并阻挠，因这里地处荒僻又值深夜，盗贼们仗着人多势众，把信树师缚了。据信树师事后讲，众盗贼计划把他扔到河里再行盗鱼。此时祖父义愤填膺，他没有瞻前顾后，没有左顾右盼，回身操起扁担，摆开架势，一种发自正义的爆发力，顿时不容置辩地叱击着龟缩于朦胧中的盗贼们：“这是什么道理？把人放了，放了！”宏毅之声一句高于一句，众盗贼悚悚然慑于祖父威势，嗫嚅以对。这样相持争吵了一个多小时，祖父喉咙吵沙哑了，而最终以正压邪，以寡胜众，信树师获救，盗贼们看看东方开始泛白，拔腿逃走。

回想这场强劲的较量，我觉得当时的风险程度确乎生死攸关：祖父你一位干瘦的花甲老人，抛开蓄积于胸的一腔义理不说，凭蛮力你仅靠一根扁担，在深更半夜的荒僻路亭里和三四个年富力强的盗贼强硬对抗，所幸当年的盗贼天良未泯，没有把你一起置于死地！或许你可以随机应变选择别种方式救人呢！

在这里，我决非在拔高祖父的人格，祖父的行为虽称不上英雄壮举，但不可否认，祖父质直的举动，正契合了传统、朴素的道义，路遇暴行，挺身而出，援手相助，这种淳良的仗义精神，的的确确是一种显著的人性特质的显现。从此，每每经过岩头路亭，使我想到的是见义勇为、正气凛然、以正祛邪等精神要素，每见石亭，便激发我抒写精神文化的篇章。

如果说岩头路亭里这段精粹的精神特质是偶然性的人性的闪光，那么坡南街随处皆是的文化遗存便是一处处恒久而璀璨的文化亮点。

岩头路亭北面，便是龙山上直指苍穹的文明塔。塔下，有一座净明寺，宋乾德年间，有一位有光禅师在此禅修。这里一块碑文记载，他在诵经禅坐时，招来飞鸟翔集，诵经毕，鸟群始散。这禅文化的精神感召，听起来更有故事味。只是寺前古道路变迁，很少有人去看石碑上的故事而体味当年的禅林风景了。而该寺对面数百米之遥的坡南街，有座石牌坊，因南北行人穿行其下而被人熟知。该牌坊坊额上镌“师儒侍养”四字。牌坊是为明末当地人湖广蓝山教谕郑思恭及其家人而立的。高大的牌坊当街耸峙，从小时候开始，我一直觉得穿行于石坊下有一种崇高和卑微的对比 —— 从小时的形象比较，到成年后的意识比较。那是明朝末年一个寒林秋晚的黄昏或春山鸟鸣的早晨，一位男子芒鞋布履，方巾长衫，当他翻山过水带着长途跋涉后的疲惫跨进坡南街郑家宅院的大门时，口中叫着“爸”，径直入内去拜谒一位老者。此时，只见这位老者“嚯”地从床榻上撑起身子，混浊的眼瞳里发出惊喜的光芒：“思恭，你真的回来了？”此时，这位郑思恭表情中饱含亲切和眷恋，温言对老者说：“爸，蓝山那边我是辞了，官由别人去当，回家照顾你要紧呢！”

郑思恭这个人确是很有个性特质，他在湖广蓝山教谕任上时，因老父年迈，竟毅然辞掉官职，回平阳故里侍奉老父过晚年。要知道，在提倡孝道的封建社会里，当官的如果父母去世，都得为“丁忧”而离职回家守丧三年。而郑思恭的孝行比别人更感人，他在父亲垂垂见老时，居然摒弃请“保姆”服侍等常规的做法，躬亲体味孝道，视富贵如敝履，回家宅奉父而承欢膝下，这在孝文化盛行、百善孝为先的当时社会，他的精神境界自然更高。更何况，郑思恭的人生际遇正逢明清易代之时，清后，郑的晚年以遗民的心态，在怀思故国的悲情郁郁中赍志以终。当时的浙江布政使姚永济、温处兵备道米万钟二人没有错看郑的磊落和风节而为他树立牌坊。这牌坊也因为郑的人格魅力而存在久远，其标榜的是传统忠孝文化中的良善人性。

坡南街的文化积淀，不是一座石亭、一架牌坊、一家寺院所能表述得尽的。还有，岭门上飞檐翘角耸居高冈的通福门、南北伸张光滑平整的石板路、深邃古朴的东岳观，还有沿街小桥流水、青砖黛瓦人家等，无一不蕴藏着文化的内涵有待我们去挖掘。

古人说，“吾道一以贯之”，或者说，曰忠，曰孝，曰义……坡南街建筑景观的存在及风景线的延伸，正是中华文化的延伸。不久前，当我又一次穿过古老的坡南街经过岩头路亭边时，发现这古老的石筑路亭有倾颓之虞，出于感怀，即拍摄下来留作记忆，使视野中不致失却一座正义的参照物和精神的坐标。而人们考虑对坡南街进行保护性开发，也正是使这些建筑景观作为文化的寄托物能以形存神，让传统文化得以延续和弘扬，让质朴淳厚的古风去纠劾社会的浮躁。

三轮车变奏曲

在我们这个地方，人力三轮车是小镇街头独特的一道风景。

统一的红色顶篷，红色车身，停在车站码头接客揽生意，如果依次排成长长的队伍，仿佛就是一条雄壮的长龙。即使是散布在街头巷尾游弋揽客，车夫也会像水面觅食的鱼儿，眼观六路随时捕捉目标。如果驮载着乘客，车夫会双脚猛蹬脚踏板，那“嘎吱嘎吱”的喇叭声会急速不停地在响，车子便会在人丛中穿梭，而后倏然从你身边擦过……

三轮车的兴起，是20世纪80年代的产物。20年前，中央电视台的杨刚毅先生到这个小镇采访时，看到遍布街头无处不在的三轮车，觉得很新鲜，他出于职业的敏感性，郑重其事地向我发问：“这里的三轮车为什么会这么多？”对于这个问题，我后来倒作过书面式的总结：其一，我们地区小商品经济发达，市场人流量大，流动性强，客源多；其二，农村劳动力步入城镇，从事人力三轮车运输，是一大就业途径；其三，经济初显繁荣的小城镇政府公交事业还没跟上，个体户凭借一家一户短平快粗放式投资这个行业，形成了规模；其四，居民讲生活效率，寻求方便，面对随处皆是的三轮车，招手即来，多么方便；其五，小城镇经济趋于活跃，居民收入可观，对于坐一趟三轮车的区区二三元车费已是不再计较……这样，消费者和从业者双方有需求，小镇经济生机勃勃，便见人多三轮旺，行人、自行车，再加上三轮车，构成了小镇生活的交响曲。

然而尽管一切都是生活中来，又一切都是为了生活，但三轮车的出现，自然加重了事物之间对生存空间的竞择。

当初，小镇街道狭窄，道路交通还是步行和自行车的天下，小街恬静安闲。自从三轮车的出现，除了给人们带来方便之外，它对交通秩序的蛮横性参与，成了当年行人和骑自行车者所面对的忌惮，而且这方面的顽劣性至今还为人们所诟病。当年当地镇郊农村劳动力到镇上从事三轮车业，他们脑子里的交通秩序意识是空白的，为了多拉几趟乘客，多挣几块钱，他们会争速度抢时间让脚下的车轮转得飞快，甚至可以用目空一切东冲西撞左蹿右突来形容他们的“野性”。三轮车前部一个轮后部两个轮，前部尖窄后部宽，如果前方行人或骑自行车之间稍有咫尺距离空间，有的三轮车夫也会瞧着这道间隙快速钻进去——前轮部分进去了，后轮部分卡住了，要么刮伤碰倒他人，要么堵住了行人去路……我坐过三轮车，享受到三轮车的方便实惠，也吃过这方面的亏。有一次我骑着自行车去一个地方办事，后面一辆三轮车飞蹿而来，那来势如在抢道，只听“嘎吱”一声尖锐刺耳的刹车声，三轮车已经快速逼近，令我这骑自行车者回避不及，衣服被勾住，连人带车摔倒，而且那三轮车夫，还愣愣地坐在车上，没有要下车道歉的意思，大概车上乘客催着他，有急事要走……

有那么一段时间，小镇上三轮车“闯祸”的消息总是接二连三，让行人、让骑自行车者视街道如畏途，出行心存忌惮。原来骑着自行车在街上可以只需规避一下步行者即可恣情畅行，现在只能退避路边小心翼翼行走，靠边再靠边，生怕躲不及倏然冒出来的三轮车。潜意识中觉得自行车这种简易的交通工具已受到了无情的挤斥。而顾视周边的三轮车，觉得它们竟至如天马行空般大行其道了。

“嘎吱嘎吱嘎吱……”很多年来，小镇街头三轮车的行进声仿佛一直在此身后响着。

近年来，城镇建设有了发展，这种挥之不去的尖锐的催促声的频率，或许随着小镇的扩大、道路的拓宽而减弱而远去？不久前去小镇繁华地段体验了一次坐三轮车的感受，发现小镇居然车满为患，刺耳的“嘎吱嘎吱”的喇叭声确是少了——因为道路堵塞，三轮车夫知道按破喇叭也无济于事，他们只能驮载着乘客静静地骑在车上，慢慢地挪动着车轮，昔日急遽的喇叭声变成了等待中无奈的眼神，车子走不了，只能让挣钱的宝贵时光在堵车的情境下白白地流淌。

如今的三轮车受到街头小车的挤对，一如当年三轮车和自行车之间的性质关系。

近年来，小镇经济飞速发展，人民的代步工具也是鸟枪换炮，居民购置小车急剧增多，行车、停车成了大问题。这一家去银行取款，开着车去；那一家去接孩子回家，要开着车去；东家今天车站有客人开车去接；西家今天自驾游也是开着车去的……一切都是为了生活，于是满街都是铁面光鲜的小车，只要路面稍一阻滞，便会出现一排排长时间难以化解的堵塞，这那里还有三轮车的容身之地？如果你已身陷停滞的车流中，你只能小心翼翼地挪动身子龟行蚁步，要知道如果后部轮轴刮擦了小车锃亮的外壳，你就是付出个把月的收入也不够赔偿。因此，三轮车夫远远看到前面路段拥挤堵滞，他们都会选择绕道而行。

此时，他们刚刚还是兴冲冲地把车轮踩得双脚生风，顿时一下子心底泛起了落寞感，感觉紧紧维系他们生活的三轮车在生存中确确凿凿受到了挤对，因为每天这样的阻塞太频繁了。

三轮车要绕道就要增加收费，这自然要乘客多掏钱。其实三轮车的车费，从当年的每一趟二三元钱，提高到时下的五六元钱，但整个社会居民收入在提高，很多车夫还是感觉这行的收入不敷家庭支出。大部分有条件的本地车夫都改行从事其他行业，现在，小镇上的三轮车夫基本上都是讲普通话的外来务工者了。

地名中流失的文化

乡土文化原来丰富多彩，但是随着岁月的淹浸，好多闪光和生动之处剥蚀和流失掉了，到如今有的只是剩下了单调的色彩。像我们浙南的一些地名，其取名的原义或包含多种成因，或是同音字、地方方言在口头语言的口口相传中混淆了彼此，造成了原来实质意义方面的变味。

瓯海仙岩风景区自然和人文景观声名素著，散文大家朱自清写过赞美梅雨潭的文章，使其地蜚声海内外；圣寿禅寺的禅林风致当然也能导人步入佳境；沿着山路，似曾相识的景观一路应接不暇……伏虎寺坐落于仙岩山颇高处，林莽森森，涧水滋润着一片山间湿地，曲径通幽处，便见倚山耸峙一雄伟佛刹，蔚为壮观。

提起伏虎寺的得名，有谙熟地方掌故者讲述一个完整而动听的故事说，早在北宋年间，有一位叫遇安禅师的到此结庐修行。

遇安禅师志心受持《大佛顶首楞严经》，日夜参诵，经年不辍，终因参悟此经而发明心地，于是广开法席，宣扬佛法。远近百姓闻听遇安禅师大名，纷纷来此问道习禅。一日，秋夜明月皎洁，微风吹拂，三百余人正在凝神谛听禅师宣讲《楞严》妙旨，突然间山中窜出一只老虎，众人大惊，四散逃避。只有遇安禅师仍然毫无恐惧地端坐在蒲墩上，见老虎近前，厉声叱喝道："孽畜，休得妄动！"老虎闻听，竟然乖乖地跪伏在禅师面前。遇安禅师见此情景，又喊道："孽畜，你是过来听经的？还是过来害人的？如果是过来听经的，你就摇三下尾巴坐在那里！"老虎闻听，真的摇了三下尾巴，静静地坐在那里。刚刚四处逃散的听经之人见到这般奇事，都赞叹不已，遇安禅师的名气就更大了。后来这只老虎领悟了佛法，也和遇安禅师结下了善缘，经常和禅师一起上下山，有时禅师出远门，便把老虎系于石上，寺里后来还保留一块"系虎石"，当年禅师修习的茅棚，后来扩建，便取名"伏虎寺"。

多么神奇而震撼人心的传说，这在遇安禅师的禅修弘法生平中，在伏虎寺建寺史上，当是最有影响的大事，这已然成了宗教文化的凝结，以这一事件来命名该寺院，肯定是最有意义的一种文化符号。我们庆幸这宗教文化在伏虎寺延续，今天的伏虎寺，在历史的光和影中几度兴废，正是由于这文化符号的存续，使我们能在伏虎寺的秦砖汉瓦中饶有兴味地认真寻觅起禅风道范林泉胜景，以及人文的蛛丝马迹。果然，站在寺院的道坛边沿凭栏远眺，视线透过空旷的仙岩山谷地上空，只见遥远处一座庞大的山体横亘，其中一峰高峻突兀，站在伏虎寺正门一望，就似一只猛虎昂首伏卧，其项颔、其背脊、其头颅，在远山的黛色中愈看愈形神毕肖。“伏虎寺，这不正是一只伏虎吗！”我不禁在心里惊呼，并且在私下断言：这伏虎寺的得名，除了遇安禅师在讲经说法时降伏桀骜的猛虎这一事件以外，还应有这方面的原因。“横看成岭侧成峰”，也许山间看景移步景易，但我觉得就在伏虎寺遥望对面山峰，所见卧虎形神最为相像，这大概是自然景观和建筑之间的默契吧。这种取法自然的多视角的景观设置，在审美的领会中，以其命名来传递信息，这最能体现中华文化含藏性的特点。我觉得这一发现是对思维的一种启迪，对另一层面的文化认知。

其实，在我们浙南一带，由地理方位引申而来的地名并不鲜见，由此产生的乡土文化也特别耐人品味。在苍南县望州山荪湖山脚下有一个地方，当地的行政区域命名和地方上的习惯写法、叫法都为“望里”，人们感觉这个地名有点特别，便琢磨起其命名的涵义而一直不得其解。忽然有一天，当我再次经过望里时，发现一处村口的大红对联上赫然写着“望鲤”二字，哦，此“鲤”非彼“里”。原来一音多字是汉语言的特点之一，乡间呼名唤叫时，只知其音而忽略其义，久而久之，书写上将“鲤”字偏旁漏掉了，这“鱼”字一掉，确让人有不知所云的感觉。

美哉望鲤，分析“望鲤”二字含义，我觉得至少可以增加两条显著的文化信息：先人选择望鲤作为安居之地，他们是考察考虑了此处四周居住环境的，居处村口附近必有鲤鱼山或鲤鱼湖，“门对鲤鱼山”“鲤跃龙门乘云去”之类的诗意能触景生情引发田园生活的美好联想，而让如诗如画的意境烘托美好的生活空间。同时，“望鲤”二字给人诱发的是鱼米之乡的美好遐想，让人们对家乡充满生活的憧憬，和对物阜民丰的祈愿。因此我觉得，地名的意识缺失化，丢失的是文化的生动。

再一个地名是在苍南县一个人们唤作“路口”的地方，我的祖辈曾在此地方生息繁衍，因此我对此地也关注过。虽然新中国成立前有人曾将该地名改为“都口”，但那也已经是原义变异的情况下的“再造”。一次翻检地方史料得知，原来该地名叫“卢口”。难怪有这么一个确切的命名——我忽然想到，离“卢口”约二里地有一地方名叫“卢厝”（或是卢处），卢口村的位置坐落卢厝村主要道路和水流的出入口，因有“卢口”之名。这取名大概受传统堪舆学的影响，旧时民间盛行的堪舆学中将一个地方的出水口称为“水口”，卢口村的取名也带有堪舆文化的色彩，这也表明一个地方在地域格局中局部和整体之间的关联关系。因“卢”和“路”谐音，村人误以为“路口”，久而久之，直至书写时也写成“路口”。因此我想，古人某些方面的文化素养比我们高多了！

书院桥断想

自己觉得牵强附会的推理就是一种臆断，但这种臆断也真能牵引出一种世事沧桑的感慨。

平阳历史古镇钱仓镇风物荦荦大观。像宝胜寺双塔、史伯璇墓、古城门、龙虎岩、起相岩、石鼓岩以及众多的摩崖石刻等，记载已多见于乡邦文献。虽然说这些景观如今像散珠断链般，在道路的纵横交错的割裂下，在屋舍民居杂乱无章的遮掩下苟延残喘，少了生机，但游人徜徉于历史和现实之间，会得到一种真切的体验。

在钱仓镇茶亭村松台山边，有一座小桥名叫书院桥，桥头那片菜园也叫孔夫子坦。闻听此说让人惊奇：这里在古代有书院吗？如有，那么这个书院会叫什么书院呢？是哪个朝代的产物？是宋，是明，或是清？问村民，他们都不能回答。此时此刻，书院桥，这个文绉绉的名称，和眼前这片菜地、水沟、田埂、荒草等物象之间产生比照的反差，在感知的意识空间里留下深刻的烙印，经久不能淡忘。

最近，偶尔翻阅地方文献和温籍学人著作，读胡雪冈先生的《永嘉学派著名学者概述》一文，文中有宋人魏了翁为赵希錧撰写的神道碑："未冠，肄业石鼓书院，有闻于永嘉陈君举傅良，后又受经徐子宜谊。" 这是说，永嘉学派著名人物徐谊的学生赵希錧少年时就读于石鼓书院，陈傅良也闻说了他的才名，后来跟从徐谊学习经学。

这段话使人眼睛一亮——徐谊是平阳人，当时的平阳乃至温州，永嘉学派学术气氛活跃。石鼓书院、茶亭书院桥、孔夫子坦，以及离书院桥百米距离的石鼓岩，这些名物之间是否有着某种内在关联？也就是说，赵希錧就学的石鼓书院，和钱仓著名的石鼓岩边的书院会有名分上的瓜葛？

或许有人会说，你过于敏感了，宋代潭州（今湖南湘潭）有石鼓书院，闻名海内。况且明末清初人黄宗羲的《宋元学案》也载明："赵希錧，字君锡，太祖九世孙也。南渡后，居常山。少从父官衡阳……" 地域的距离及赵的行实证明，两者就如风马牛不相及。而我还是自恃一点薄弱的依据继续推理：古人们对于一个美好的事物名称，相互之间也是会作现代"套牌"式的引用的。如苏轼的名篇《文与可画筼筜谷偃竹记》，说洋州（今陕西洋县）地方有名叫筼筜谷的，而我们的瑞安莘塍地方也有名筼筜山的。就近的如温州鹿城有街道名“十八家路”，瑞安、平阳等县城也都有名“十八家”的等。何况神州之大，风物相类，同名者必然存在。据此理，我还是坚持大胆地臆断——古时钱仓茶亭村书院桥头的书院依傍石鼓岩、起相岩，以景取名，抑或就叫石鼓书院？

本人为学浅陋，对地方文史未深作考究，但钱仓自古为人文渊薮尽人皆知。从目下遗留的刻石留言、史料文字可以获知，当年这里繁华荣耀人文辐辏。文人士大夫风流云集的盛况及这方美好的土地上透析出来的浓厚的文化气息也可昭示它衣冠景从的气象——古代书院文明和冠带衣襟是声气相通的。

据近年发掘整理的《浙南谱牒文献汇编》中的《袭庆堂记》一文记载，宋代钱仓为著姓大族所居。宋朝金紫光禄大夫、吏部尚书林杞之孙林淳厚，致仕后从泰顺泗溪“徙家于前仓（即今钱仓）寺前。依山作圃，开池种莲，峙以奇岩怪石，对以异果名花，环以流水长桥，创立水阁‘晚香堂’‘江山不老亭’‘云崖雪浪楼’诸胜，以为游息之所，名曰‘老圃’，额其所居之堂曰‘袭庆’。日与庞眉皓发燕坐其中，间设酒，邀族人故旧相与娱乐”。从这里，也可窥见当年钱仓的名胜风貌；再如，在离书院桥百步之遥的松台山巨岩起相岩上，有一处南宋绍兴丁卯年（1147年）的游记题刻，署名为沈元简、元诗、林□（此处摩崖石刻残缺一字）、宋廷佐诸人。宋廷佐者，平阳当地人宋之才也，北宋政和八年（1118年）登进士第，后来出使金国不辱使命而名闻朝野。当年，宋之才曾和友人慕名来钱仓做客览胜。

有诸如宋之才一行，彼时应还有更多没有勒石留名的像宋之才一样有声望的文人雅士在此冠盖相聚。

臆想、假设，或许是后人追索和揭示当年温州文化现象、探寻文化氛围的一种切入方式。也不必勉强在赵希錧就读的石鼓书院和钱仓这座不知名的书院或书塾之间架设等号，但可以肯定，曾经的岁月里，锦绣堆砌的钱仓古镇，崛起一家书院，这是合乎逻辑的，其存在是毋庸置疑的。站在当今现实的视角看，昨天的书院，那已经是一个地方文明史的灵魂了。

今天，历史已经过去千百年，伫立现代构建的水泥构架的书院桥上，近在咫尺的温福铁路和高速公路高架桥凌空飞架，时有光鲜丽洁的动车组和疾驰的汽车呼啸而过。再看远处，鳌江两岸高楼如竹木林立般拔地而起……我们的前人多有“予生也晚”的人生慨叹，以表达没机会接受上代圣教纶音感化的遗憾。

当代的人们似乎也一样，生长于科技发达的今天，至少有几分迁就于物质的丰裕，自觉不自觉地带着几分精神缺失，安耽而自然而然地去接受对社会发展规律的认同感，认可这是必然的文明变迁和倾斜。但细想，拥有传统文化最大承载量的古代书院颓圮消失了，失落的或有书院里学子们切磋程朱理学或永嘉学派有关“道也者、器也者”“义焉、利焉”等学术命题的探讨乃至激辩……故而当我们现在去摸索人文传承的着力点时，眼前的景物，又不禁使人感慨系之：

书院桥头一爿土，
梦里书声犹耳熟；
名山馆宅空文藻，
惜作荒场和草圃。

“春梦”过后盼有梦

自古以来，国人讲求安土重迁，我觉得这对于社会的生存法则来说，不能简单理解为民众满足于安居乐业这个认识层面上，其中还应有延续人文传承这一层意义。平阳素有“滨海小邹鲁”之称，对于生长于斯的吾乡民众来说，感受移徙走别、沧桑变迁所带来的文化失落更显得深刻。套用现代的讲法，这里非物质文化遗产流失严重。

最近，洪振宁先生编著的《宋元明清温州文化编年纪事》一书，让人从乡土闾里的视角，获得了一则“翻新”了的旧闻——元代，平阳有一位名人，姓郑名僖，字宗鲁，号天趣，泰定元年登进士第，官黄岩州同知。郑进士生平得意之处是以自己和温州吴氏女一段缠绵悲恻而凄婉的爱情经历为背景素材，创作了传奇小说《春梦录》。据介绍，《续修四库全书总目（稿本）》对《春梦录》评价甚高，认为“篇中叙事，文极凄惨，较之沈复《浮生六记》，不多让焉”。现在想来，就因《春梦录》这一名篇，我觉得乡人郑僖在文化史上不能被他的家乡后辈们遗忘，更何况他还是一位大元进士、学问大家呢。

郑僖是平阳哪里人？好像文化的挖掘和传承，一定要先从乡土、从根本开始。六百多年后的今天，随着地域文化深受社会重视，以及全国各地出现的名人“争夺战”现象引发的声气反应，这位文采风流郑进士的里居所处，自然该引起梓里乡人的探问。

平阳的周干先生点校过明末乡贤郑里恭编撰的《东昆仰止录》，该书记述历代平阳籍名人爵里甚详，记载郑僖的篇目曰：郑僖，字宗鲁，郑岙人。周先生校勘：民国《平阳县志》卷三六《人物志·郑僖传》作“慕阳东乡屿门里”人。

噢，屿门里，我的家乡故园，清、民国《平阳县志》上属八都之地，现今的鳌江镇东面洋屿门一带倚山负海的这片地方，古时属海滨渚泽斥卤之壤，这里就注有“屿门里”这古地名。

无疑，郑僖就是古时烟水苍茫中的屿门里人，徜徉于同乡概念里的古人郑僖，离家园乡井会是这么亲近。古人说，十步之内，必有芳草；十室之邑，必有俊士。郑僖郑天趣先生仿佛是家园历史上耀眼的文曲星，足可让乡村后生引以为豪，思想及此，我觉得这或许就叫作乡土情结、民族心理。

对于家园故里，我是最熟悉不过了，那里遍布童年的脚印，那里洒满青年时的汗水。然而如今从沉湎于呵护郑僖的历史自豪感中回过头来，如果当你捧着当年有着鼎鼎大名的郑僖的名号，回到古“屿门里”这片土地，为这位古人对号入座而“落户”时，按时下时髦的说法，这片村落里与郑僖有关的一切非物质文化遗产都消失了。无论是现今的走访，还是去搜索儿时的记忆，父老乡亲左邻右舍在榕树下在大桥头的“故事会”中，就没有这位郑僖郑进士的一丝丝传闻。唯一的信息就是一个叫“郑家墩”的地名，尚可佐证当年郑僖和郑氏家族在这里的存在。

平阳靠海，这个“小邹鲁”之地的文化积蓄因地利天时所关，历劫不少。像郑僖的历史知名度在其故里的消匿，就可以想见这些劫运对社会破坏导致文化传承式微的后果。推想海边频繁的风潮灾害、明代的倭患、清初的迁界等，这些天灾人祸在历史漫长的尺度下，仍相对频繁地伤害了文化传承的元气。尤其是清初的迁界，清廷下令沿海三十里内居民数日之间全部内迁，以断绝与海上的联系。故此界内片瓦只椽无存，人民流离失所。斯时靠海的屿门里当在界内，生民之根被刨断，人口星散，不知以聚族而居的先民移徙别土凡几，于是赖这片土地上的人们言传口说的文化信息便会消失。姑且以“山川资俊杰”的灵应效果，来等衡人与自然的照应关系，纵有比郑僖更加伟大的人物，纵有比《春梦录》更美好的“美梦”，面对这片美好山川，便也会让人兴发枉自虚生之感。

南麂岛，生命的绿岛

我真不忍心让你跳出大陆这拥有母爱般的宽厚温暖的怀抱，孤零零地沦落在大海中备受万千斯年的风吹浪打。

我唯恐你独处沧溟，烟波阻挡了你的雄姿，涛声吞没了你的盛名，让你寂寥无涯。

然而，当我历经三个小时的航程从浙南鳌江港乘客轮向东海劈波斩浪靠近你时，南麂，我发现你充塞海天竟像万劫不死的巨鳌大鼋，活得那么煊赫，活得那么自在，活得那么富有朝气！

你的国姓岙口，风送涛声，仿佛可以听到当年民族英雄郑成功率领水军操练时发出的沉雄的呐喊声。历史，就是在这威喝声中延续的，小小弹丸之地的南麂作为大海中的明珠，作为坐落在南北海洋运输线上的一处特殊的地理位置，在历史的长河中，曾无数次遭到海盗的骚扰，也曾遭到倭寇的血腥洗劫。但斩不断的是人类生生不息的意念，只要南麂还有一寸热土，中华民族的根就会在这里滋生、蔓延。

我笃信这里原来就是传说中的海外仙山。海天相接，烟波浩渺，这里优美的自然景观，寥廓的空间，使我在喧嚣的尘氛中，实实在在地发现了一处如蓬莱般的仙境。

炎夏时节，南麂岛首先启动了大自然的“空调”。这里的夏天平均气温要比大陆低 8-10℃，只要你一登上南麂岛，这里便会使你来自气候条件的、来自生活的一切焦躁烦虑都抛到九霄云外，产生一种远离红尘的超脱感。

其实只要人们细细寻觅，南麂岛的每一处奇特的景观，又何曾不是处处在为生命提供超脱尘俗的启迪呢。美丽的大沙岙海滨浴场上，整个夏日都被来这里游泳的人群占据着，金色柔

曾成金绘

软的沙滩，湛蓝明净的海水，游人们在沙滩上自由漫步，在碧波中尽兴泅游，其间的情致，既可让你体会《论语》中说的“浴乎沂，风乎舞雩，咏而归”这种美好的意境，又可让你从身临大海的顽强拼搏中，揭示一种搏击人生的诀窍！

三盘尾的石观音，好像得到大自然的默契，面朝大海，永久地伫立着，似在静观沧桑变迁；三盘尾的天然大草坪，也默默地匍匐着，好像要随岁月的延伸，把青翠展向海天……还有，天造地设的风动岩，也正是生命的启示。这风动岩由三块岩石相叠而成。听当地人说，只要海岛刮起九级偏北大风，上面一块重达数十吨的巨岩便会隐然作动。万千斯年，经受了无数次的大风，经过了无数次的摇晃，这风动岩不是仍保持着生命的价值，仍能摆动吗？我用背靠在巨岩上，用脚一蹬，这巨岩便欲堕欲坠，前后晃动，在随时有倾覆的危险中保持着一种经久的惯性 。它似乎向人们昭示：只要掌握运动的规律，生命的惯性便永远不会消失。

南麂岛，你的周身处处点缀着生命的绿。山，是绿的，水，蓝得发绿，还有黑褐色的礁石上和金黄色的沙滩上，也到处蠕动着贝藻类绿色的生命。这里的海域，堪称贝藻王国，被列为首批国家级海洋自然保护区。这些生长在峥嵘的礁石上和平坦的沙滩上的绿色生命，为求得一寸绿的发展，求得一寸生命的空间，正在海浪的鼓噪下进行无声的争逐呢。我漫步于滩头，逡巡于礁石间，我要在永恒的大自然景观之外再进一步寻找生命的活力。于是，一个浪头紧跟着一个浪头，沙滩上，礁石间，绿色的生命又一次活跃了。栉孔扇贝、荔枝螺、羊栖菜、裙带菜等光怪陆离的贝藻类，或迎着大浪顽强抗争，或迎着波涛缱绻周旋。我们可以感知，它们始终以坚强的生存信念，从容应付着海浪日复一日的淘汰，和南麂岛的历史风采，自然景观一起，构筑成一座生命的绿岛！

仙口烟台山祭

仙口烟台山是仙口的头颅，倔强地从仙口山的山体中伸向平野；仙口烟台山是仙口的眸子，玲珑秀气山色青翠；仙口山的蕴藉，全在烟台山上。而今我要说，逝去的烟台山就像一头行步趔趄而摔倒在郊原上的老牛，它俯卧苍穹下，无声地喘息，哀诉的眼神，预示着在世人看来，它活着已经不再有意义，等待它的将是宰杀肢解——因为要搞海涂围垦，要采石取土，人们看中它独立苍茫中的身姿，看中它庞大躯体上的骨肉，肢解了可以填海。

烟台山知道痛，是因为它拥有着有灵性的历史。

翻开地方志书都有记载，说“仙口山，东枕大海，本名横屿，吴置船屯于此”，这里地名所指的落脚点，就是指烟台山。

当地父老口口相传说，未有平阳城，先有仙口集，仙口烟台山脚下，成了平阳城市建设的肇基。

……

其时，海岸线尚未外移，海水还在仙口烟台山脚下徘徊，伸向海陆交接处的仙口烟台山像一道屏障，筑成一方安全的港湾，庇护了多少先民在此繁衍生息。船屯基地的建立，这里“叮叮咚咚”的造船声可以声闻十里。

海产品上岸，这里可以听到嘈杂的叫卖声，可以看到热闹的交易场面。

甚至于倭寇海盗来袭时，可以传来卫戍者操起兵戈的“叮当”声。

还有繁荣的市廛民居，商旅名流往来……社会的活动量作用在当年这头老牛身上，正显示它年富力强时的强健体魄，有多少人气烘托在它周身为它增添荣耀呵！

此后，仙口烟台山作为地标，作为文化的碑志，书写在一代代地方史志书籍上，誊印在一张张地理图册上，原来是寄希望于它身名永存……

俱往矣，沧海桑田，港湾淤积，这里显得异常的寂静了，逝去的烟台山，确曾像一头老牛踡伏在天地间，苟延残喘，真正的老了。然而老了就不能让它自然衰亡？就不能让它与天地同休？烟台山在流泪，我的心在流泪。

闻说，宋代时，平阳当地著名诗人林景熙曾避山寇之乱来到仙口，并曾在烟台山观看海市蜃楼，写有一篇著名的《蜃说》，烟台山是仙口最适宜观海的地点。到后世，如果有人读了《蜃说》这篇名文，来寻林景熙的旧游之地而没有了仙口烟台山，还真会尴尬和惋惜。

别西湾

走过了西湾公路站在这里，旷达的神思转瞬间便有了山的伟岸、海的广阔。

下了西湾公路站在这码头候船回程，我的血液被脚下的海浪怂恿着，令我激情昂奋。

这是由一块块青石砌成的码头，它正好集西湾特色之大成，如一支男儿的胳膊，从庄严的山体里威猛地伸向海滩。于是，潮消又潮涨，我伫立在这山海的交点上，兀自体味着这趟来去匆匆的行期中的感慨，心潮如云水翻腾，脑海里涌现的便只有大海雄浑的宣泄，崇山豪迈的显现。

我忘不了西湾的路。

西湾，这个坐落于浙南平阳东面的偏僻却又兼蓄山海之利的山乡，我在童年走亲戚时就在我雏嫩的履迹上留下屐齿般深刻的印痕。依稀记得那条长长的山道石路，凭我愣头愣脑地转拐了九九八十一道弯，到今想来真有如跨不出山民们代代传承的艰难跋涉的迷惘。于是，关山阻隔，这里的财富也只有对着浪涛发馊了——鱼腐了，虾臭了；美丽的沙滩怪谲的礁石成为浪涛们的景观，肥沃的山麓成为风雨逞能的领地……无怪在不久前的一次招商活动中，乡党委书记王希光邀来平阳的一个冷冻厂厂长进西湾商讨开发西湾渔业资源，试图协办冷冻厂，岂知这厂长在西湾周遭一转，留给人们的是一声丧气的叹息：这里的资源真充足，可惜我们运鱼货的大车进不来呢！如此这般无奈的结论岂止这一个呢，因此，西湾乡的干部群众在时代大潮流的鼓噪下又一次骚动了：我们需要通往富裕的路！

曾成金绘

呼声足可体现民众们强悍的个性，我们知道，西湾的山水遐古以来多钟毓热血男儿的本色。就在这次一个涛声卷起千山云影的夜晚，我有幸到西湾乡乡长黄振元家里一睹他祖传的那把百二十斤的“黄家大刀”，聆听流传于这山陬海隅的黄家太公惯使这把大刀的故事，还有“溪灵坑乌人腋下挟着好几百斤的石臼从几十里路外的鳌江健步回家”等传说。这些传说，作为崇尚“力”的象征，伴着时代的潮音，今天终于唤起了山鸣海啸般的劳动潜力。

我作为纷至沓来的西湾公路巡礼者中的一员，这趟终于耳闻目睹了这诞生于大无畏力量下的杰作。

西湾公路本期工程完成长度十多千米，它的每一寸路面的延伸，都闪烁着山区干部群众团结奋斗的光芒。王希光，这位生于县城长于清逸的年青的乡党委书记，在三四年前遵循区委书记和老父亲“青年人到艰苦的环境中磨炼磨炼”的谆谆教诲，到西湾乡后义无反顾地投入山区开发建设的艰难行列。这天，书记滔滔不绝的情况介绍直到午后二点，直至我饥肠辘辘。一种废寝忘食的效应，便叫我的思维再现了一个个征服山乡的波澜壮阔的场面。

曾几何时，在二十来天内准备在西湾集资十五万巨款的艰巨任务下，我见到他与西湾乡广大干部各方动员。在鳌江区公所召开的“西湾籍在外工作人员恳谈会”上，他和大家为西湾造路立下了第一功——捐资！我仿佛体味到在他慷慨陈词之后那一只只为捐资而争先恐后伸出来的膀臂，带着一股呼啸声扬起的足有山与海的分量。

曾几何时，在开山造路的第一声炮声打响之前，我看到他们扎扎实实把群众的力量熔铸成一把开山的阔斧：公路经过的村庄每户至少出资一佰伍拾元。于是，豪爽的群众听说为修路而出钱，有的便卖鸡卖蛋卖薯丝凑钱踊跃响应。甚或至于公路经过的地段，他们在群众中进行细致入微的思想工作后规定，所遇房屋、坟墓、树木一律拆迁砍伐，并且这项工作由各村委会自行处理。于是乎，我又似觉阔宽的公路如一条雷声中曳动的电光，在扭曲中穿行于群众火热的心坎坎上。

建路工地上，文艺宣传队的锣鼓声唤起的不仅是一片热火朝天的干劲，仿佛还点出了活跃在山区建设舞台上的英雄群像，如乡长黄振元等。还有，李上义，这位西湾乡的副乡长，也就是这次工程的总指挥，遗憾的是这次去时他带队到南边山区勘测去了，没有遇上。设或当面碰上他，我肯定还可以从他那强健魁梧的形象里多领略一份孔武有力的神采。

噫，公路建成了，从今开始，在西湾的土地上，终于出现了用汗渍的斑驳和血色的殷红拼凑成的建设蓝图；噫，我还看到了西湾人参照自己黝黑的肌肤，坚硬的骨骼，为这宏伟的建设蓝图塑上了土的凝重，雕出了石的峥嵘。披荆斩棘、开天辟地，在这块土地上，正好凝结着我们中华民族改造大自然的无限的征服力呵，这种力量，是一切富裕的经济力所不能企及的！西湾乡依靠这种力量摆脱了二类贫困乡的经济桎梏而建成公路，这就是最好的证明。

这时，我又想到“黄家大刀”和“溪灵坑乌人”的故事，这两个在山乡象征力量的传说此刻在隐隐中如两股山海雄风，从我的想象中扶摇而起经久抟旋于山谷、海面。

该启程了。“呜——”的一声，码头边客轮启碇的汽笛声伴着抟风，回肠荡气般翱翔于西湾的群山大洋。

船凭涨水，载着我的想象，载着我一腔依依惜别的深情，波逐连天。

1991 年 7 月 · 平阳

折纸船

这个故事听起来尽管像个美丽的谎言，但它毕竟催策他走过了坎坷，渐渐走向成熟，因此他还是非常珍惜这段回忆。

那是他五六岁麻疹将养期间的事，至今是那么遥远，但他说又像是昨天刚发生似的。他爷爷为了哄他喝下苦口的中药，每次总是拿着包药的纸向他扬了扬，爱怜地道："你看，快快喝下吧，喝过了爷爷给你折纸船……"

爷爷是说在点子上了，活跃的幼童心理曾驱使他常拿着树枝在水面戳划着板块、蟹壳，还拿火柴盒、肥皂盒之类在桌面上推来推去。童年，就有着对船的兴趣，就有着对海的追求。只是，太失望了，爷爷说的虽是新鲜事，但毕竟是纸的船儿。

爷爷见他还是无动于衷，便端过碗，进而绘声绘色地道："快，快听爷爷说！南山有位道士，你知道吗？他呀，很有法术，能在两张凳角贴上灵符教凳子相搏的，日后要是你折纸船折多了，爷爷叫他来下道‘灵符’给你拿到水上去使，好吗？”

这太神了，他睁大眼睛瞧着爷爷的脸，似乎在掂着他话里的分量。

“真的呢，爷爷还能骗你！”

好奇，使他马上拭去眼角泪水，转身接过了碗，将汤药“咕咕咕”地一饮而尽。当他伸手向爷爷索取时，他已变魔法似的把纸张变成小船：一张篷帆，首尾尖尖的。爷爷颔首频频，还递给他一块冰糖，他也破涕为笑了。

到第二次吃药，他怎忘得了爷爷的诺言。为了得到那神秘的“灵符”，为了组成一支庞大的船队，他是要等着在地里干活的爷爷回来才肯喝的。药凉了，重温，温了又凉……他倚门盼了许久，爷爷终于回来了。他高兴地去端起药，到了爷爷跟前，带着乞求的眼光，用几分正经的口气道：“爷爷你看，我喝了！”

苦，是苦！站在一旁的爷爷见他服药时难堪的脸色，也不自觉地蹙起了眉头。其中的苦味啊，在尚存乳臭的小儿黄口中是不言而喻的。但他要得到船，他相信这苦海的彼岸，一定有他航程中光辉的终点。

第三次，一只，第四次，一只……当他一次次带着坚忍和希望喝完黄连胆汁般的汤药后，得到的都仅是一只，而且是包药的纸，船儿也充满苦的气味。

太少了！太少了！照这样下去，何时能握住那理想的舵把？过几天后，觉得爷爷热情的许诺有些淡漠了。慢慢地，苦的意识也就像无形的抛物线，渐渐地重新回归到汤药中了。他真想再用泪水来掺淡使人难堪的苦味啊。

爷爷看出了他的情绪，又出现了：“唉！谁像你这样做事没个耐心的。这次喝了教你折纸船的法儿，往后你可以自个儿折了……”

当初说折好了给我，今天又来说教我折的法儿了，爷爷的招数真多！童年，幻想是多么天真，追求是多么执着，他又一次听信了爷爷的话。

不过这一次爷爷没有哄他，大概又服过了二三次苦药吧，爷爷终于把折纸船的法儿交给了他：一折一叠的，然后两个角端一拉成首尾，露出中间的篷帆。听起来就只这么几句话，动作也是极简单的，但是真正掌握可也不简单呢！

到此，他劳累的心稍有慰藉了。除了用充满药味的包药纸外，其他纸张如帐簿，报纸角等都被他收集了来，折、折、折，终于大大小小的船只遍置他的房间、桌面。

当他自豪地调度着这么一支实力坚强的“舰队”时，多高兴啊！可就在这时，爷爷却要出远门了。在临出门的时候，他牵着爷爷的衣襟前后转，仍拿那幼稚可笑的问题来问爷爷：“很有法术的道士到底什么时候来?”灶台上的药又已经烧好了，散发出阵阵难闻的气味。爷爷看着他笑了笑说：“你的记性真好呢！好，爷爷问你，药苦吗？”

“不苦了。不信吗？我可用不着冰糖了。”他极力表白着，回答是那么干脆。

“好，那你服了锅里的药给爷爷看看。”

他毫不犹豫地点了点小脑袋。

是的，为了成功的追求，备受苦的考验也是甘心的啊！

爷爷走了之后，他天天摆弄着这批心爱的纸船。当想象到它们将乘风破浪、扬帆竞发时，他高兴；当想象到它们历尽汪洋，驶向幸福的彼岸时，他兴奋。但一想到它们是经不得细微风雨的纸张时，他便会痛楚地按他爷爷承诺的希望，在心底里诚心地祈求、祈求……祈求它肯定会变成现实！

小记二则

一 重建白沙驿亭碑记

鹿城临江乡古有驿站，曰白沙驿。

明姜准《岐海琐谈》载：宋温西北路抵括旧界曰白沙驿。闻之邑旧志亦有郡临江乡有白沙，在城西北路六十里永宁江中之说。渚清沙白，驿远亭高，使这处临江建筑与美丽的自然风光相怗然，让人生发长河落日般畅想。

岁月匆匆，当年曾经的驿站、官道、烽火台等古迹，都相望一江流水远去。但地灵人杰，驿头地方英贤有继。登临江山，寄怀古幽思须有凭，于是作为驿阳五景之一的白沙驿亭，便在先期兴复之例。2004 年 12月，以驿头村程氏族人为主体，筹集资金，经六月工期，驿站古迹岿然耸立，又有鹿城区王超俊区长欣然题写“白沙驿站”，更使之为山水增色。

考诸《驿头程氏宗谱》：南宋绍兴十二年(1142年)程颐孙程

晟任三山推官，秩满回京复命，抵永嘉白沙驿时，母夫人刘氏卒于驿馆，遂葬于此，留一子守墓，现驿头程氏为该一支后裔。由此推之，程氏家族果然为理学传人，倡古风，敦礼俗，德望所系，绵衍乡里，而此番兴复驿站善举，自是意料中事矣。

2005 年 4 月

二 平阳鳌江阳屿门神人石室记

鳌江入海口有地名阳屿门狮子口，因以形家言地形象狮而取名。殊不知此地旧为傍海石室。据民国《平阳县志·卷三·舆地志·三》记载："丰山之南为安阳(今温垟)山。迤东为林亭山，俗以近海中阳屿，名阳屿门，瞰海有大石蹲踞，可就观日出，旁有石室，相传神人所栖。"而当地酬神的民间抄本《醮恩金科》一书也记载有"杨屿门石床堡載（戴）四侯王、石室洞主娘娘、齐天大圣……"等语，则证明此处即为古神人石室无疑。

又此地古为江海衔接处，石室周围山崖崔嵬、雄峙江天，惜于 20 世纪 70 年代为筑海堤而遭人工凿毁。洞内遗物有附有蛎壳之石构件多件，人物雕刻栩栩如生，似为明朝物。顾思未筑海堤前，水流直逼洞口，吞吐江涛，江流澎湃，真海天胜景矣。今惟恐后世对此景观再作人为破坏，亦为后人记取古时胜迹而立此碑。

2008 年 10 月

相聚感言

三十五年前的初中同届三个班的上百名同学，在走过漫长岁月之后能再次聚首，这确是值得庆幸的，绝非人们想象的吃一顿酒、合一张影那么无聊。

我们下厂（原称公社）在当年城乡差别很大的年代，属于农村乡下。七八届初中三个班级几乎全是乡下孩子，父辈家庭不是农民就是渔民，如果是小手工业者也已经算不错了，偶有极个别的父母属于国家干部的，他们住在农村，生活在农村，他们的个性也和我们这些农家孩子一样的淳朴而充满乡土味，因此，这就是我们同学的“家底”和特色。

俗话说，穷人的孩子早当家，我却要说，穷人的孩子能当家。农村经济条件差，当年，我们尽管经济和知识两相贫乏，而我们除了感激父母艰辛地扶植我们建立起家庭、学校老师教导我们学习文化知识以外，我要说，我们是有所传承的，我们秉承的是农村人祖祖辈辈所依止的朴实、勤劳的美德和精神。20世纪七八十年代，由于时代和社会原因，我们的同学大都从事农业、渔业等第一产业，而且后来虽有一些赶上二三产业的快车，但男耕女织式的农家生活属性没有变，几十年来一直在勤勤恳恳、吃苦耐劳地劳动。改革开放肇始，商品经济大潮风起云涌，而后产业差距不断拉大，经济收入差距拉大，肯定使农村家庭压力增加。然而大家却不会消沉，不会沮丧，在这社会转型中利用初中阶段学到的有限的文化知识，巧妙地实现了人生的转轨，农渔业而外，学起了工商业劳作经营。古人说，“一夫不耕，天下受其饥；一女不织，天下受其寒”，正是我们这些勤劳朴实的同学，努力承担着社会和家庭的责任，种粮、种菜、捕鱼、养虾，继而做工、办厂、经商……不断地为社会输送着财富。我们可以说，我们生活在最基层，我们是最有创造力的，我们是最会创造世界的群体。虽然生活得较为艰辛，皱纹爬上了额头，鬓角平添了斑白，但大家过得都有滋有味，有信心。三十多年后的今天，大家相聚一堂欢声笑语，忆少年，话当初，其乐也融融。

把这次同学会作为大家生活中蹦出的一朵小浪花和一段优美的插曲吧，它也是一次精神的检阅，反映出大家对生活的信念——乐观、活泼、富有朝气，我们不妨把此次的相聚视为生活的里程碑，下次相聚，同样有欢歌笑语，而且会笑得更加灿烂。

“村野草民”的“江湖民智”

村野农夫这一群体近年来是越来越少了。

村野农夫质朴诚善、淳谨敦实，与这一群体接触，给你的直观印象是粗犷亢直的感觉，书史上所描写的村夫形象也都是这种带代表性的个性。然而在某种特定的环境下，这类人物又显得粗中带细，以“鄙野草民”的身份奋其“江湖民智”而让人们击节赞赏拍案叫绝。

以前读《聊斋志异·农人》一文，就觉得是村夫智巧的表现，尽管时间久远，但脑子里印象一直深刻。

该文说，某地有狐精作祟，媚一妇。妇家请道士用符篆百计驱除之，均无效。该妇心生一计，转而逢迎之，俟狐精洋洋得意之余，探问其平生有所惧者。狐思忖，言十年前，在北山脚下遇一“将军”，手执一从未见过之兵器，又不知用何法器，将之囊罩而追击之，险丢性命，言语间透余悸。后妇家至北山一带遍访。一老农恍言昔年在北山下劳作，遇一狐偷食所携瓮罐中食物，被其追打，狐惶遽间头套瓮罐东窜西逃之窘状。后该妇家请该农夫到家驱狐。俟狐来，农人戴斗笠，操锄头，一如当年装束，手执瓮罐，破门大喊妖狐，言寻觅之多年无着，不意在此作祟。狐闻见，大骇窘而遁，此家患遂绝。

该故事折射出的农人的智巧足以让狡猾的狐精畏惧一生，读来让人好笑。近闻朋友黄邦抄言其上辈巧斗长蛇的故事，却是现实生活中村夫农人急中生智降凶克难的智慧典型和“江湖民智”的深度发挥。

黄邦抄说，黄家世居湖前双龙村。该地处鳌江以南平原，水网纵横，河汊交错。从前，这一带潮湿气候的环境下绿树成荫，林莽苍苍，林间湿气漉漉虫蛇滋生。

某年夏天的一个晚上，黄家一位阿公夜归，快到家门时，他在夜色中看到一棵大树树枝下“靠”着一根木棍似的东西。他以为是一根锄头柄，心想什么人白天干活把锄头忘在树下了。于是就信手伸过去抓起“锄头柄”准备顺便把它带回家。哪知道这一抓是个冰凉糙软的东西——蛇，他大惊失色。

好在黄家阿公握住大蛇的颈部三寸部位，使蛇不能扭头咬人。这时黄家阿公反应特快，心想如果一松手，必然会遭蛇咬。

与他的快捷反应同步，这条大蛇就在黄家阿公抓到它的同时，飞快地将整条蛇身绞缠住黄家阿公的手臂，直到脖子。黄家阿公手力好，他双手紧捏蛇颈，急中生智，拼命向家里跑。

到家门口，他连声喊家里的黄家阿婆："快开门，快开门，不要点灯……"黄家阿婆被惊慌的叫声惊醒，拼命摸黑出来开了大门，隐约见阿公手里握着什么东西。这时黄家阿公迅速将手里紧握的蛇头往门轴和门框之间的缝隙里塞，随后马上命令黄家阿婆："关门，使劲关门……"阿婆照办，用力关大门，"吱呀"一声，门关紧。大蛇蛇头活生生被门缝夹扁了。大蛇垂死疼痛，它扭动绞缠着黄家阿公的蛇身，一弹，把黄家阿公弹出几米远，一个趔趄跌倒在沿阶下。

当黄家阿公爬起来叫阿婆掌灯，看看被夹扁蛇头的血淋淋的大蛇，已经死了。这时他对阿婆说："当时我叫你不要点灯，是怕你看见大蛇被吓着呢。"

挥手之间的真情

一个“挥手之间”的动作，你猜想所能表达的是什么？他给人的想象空间是多重的、开阔的。而你脑海里最直接的反映，大概会想到：

挚情朋友送行，长亭古道，舟车侧畔，执手握别之后，远望离人，遥遥招手，这“挥手之间”加深了一种情谊，加强了一种友爱。

不错，我曾从一种瞬时的“挥手之间”中，感受到一种深情的关切。今天，我有必要也必须以此短文作朴素的“挥手之别”，以呼应当年深情的“挥手之谊”。

那是2006年夏天，温州受“桑美”台风伤害的哀痛声惊动杭城。一个闷热的中午，在杭城省财政厅门口，一个矫健的身影从大门里出来。呵，是赵书记！我真有点惊诧于这种邂逅。当时，赵一德市长刚从团省委调任温州市委副书记不久，适逢温州遭遇“桑美”台风袭击，兴许赵书记就是为此到省里争取救灾资金的。此时赵书记一见到我，快步相迎，热语亲切，一如相遇故人。

说实在的，我和赵书记相识时间并不长久，2005 年 10 月开始的半年时间里，我因交流学习到报社总部，并负责团省委这条线的报道工作。这期间，也无非是我工作方面跑得勤快，与赵书记偶有接触，赵书记到温州后，竟称我为“老朋友”了。

此次“老朋友”路遇，迸发的自然是彼此的真情。我看赵书记，前几天日夜抗台后的疲态还挂在脸上；而我，也是在抗台一结束就赶往杭城，一脸的黝黑相。在酷毒的日头下，相叙，只能以瞬间的心照不宣来做感情交流。短短的一忽儿，我走了，倏一回头，赵书记还站在那里目视着我，眼光相碰，他意犹未尽向我挥手，郑重的叮咛声直追我耳鼓：“要注意身体噢！”

有人或许会奚笑我自作多情，但我可以断言那一刻若非是一种真情让人感受真切，几年以后我的记忆中的印象绝不会如此的深刻。那一瞬间，就一句话，就一个动作，电光火石般一闪而过，但他产生的高强的力度至今还撞击着我的心灵。尤其是那遥遥的挥手之间，不仅昭示了一位领导诚挚待人的真情，而且扬起了一股人文关怀的巨大力量。

五年多来，赵书记从当时的分管党务到后来担任市长负责政府工作。当前，政府工作的主调是经济建设，我觉得赵市长的政绩不仅在有形的经济建设中显现，像这种人文关怀精神，时时处处伴着他的足迹，在灾区、在贫困居民家庭及各个领域出现，而且这种亲切的精神感染只能经久地留在人们的心坎上让人常思常新。

五年时间转眼过去，而今赵市长要调离温州了。又是一个真正要挥手道别的日子，五年前挥手之间的浓情厚意，又一次在我心头萌动。古代人写有很多送行的诗文，赵市长赴衢州任职在即，作为一位和文字打交道的记者，总觉得欠缺什么，于是，既着眼于一种对政治生态的期许，也表示一种朴实的人情，写下这篇短文，并摘录明代一首送行诗，略改二字作挥手之别：

秋波渺渺布帆轻，
醉折蘋花赠远行。
万里一官江上别，
楚云湘水客边程。
关门背岭寒芜绿，
驿树迎船瘴雨晴。

此去州民知有望，
使君心似玉壶清。

2011年9月

平阳有“二曾”

在族群观念尤为看重的社会氛围里，大凡同一姓氏符号或宗族里人物荟萃，英贤相继，人们会习惯于用数字化的方法描述人物接踵的盛况。历史亦然，当今也是如此。晋有“二王”，宋有苏辙、苏轼、苏洵“三苏” ……在我们平阳，有人提起近代有“三苏”，人家就会会意，大概是指数学家苏步青、学问家苏渊雷诸人吧。而瑞安在晚清则有“五黄”，指的是黄体正、黄体芳等叔侄五人……这些数字化的描述，如修辞中的排比句，增强了说事的气势，如诗歌创作中的“比兴”手法，激起人们联想的波澜……

最近，与朋友漫谈，说到当今平阳的文化现状，有一个新名词直入耳根，叫作“平阳二曾”。这“二曾”，一个是指现今闻名京华的平阳籍雕塑家、清华大学教授曾成钢，一个是指一直默默在平阳孜孜于丹青绘事的中国美术家协会会员曾成金。

一闻此说，我仿佛觉得如“三苏”、如“五黄”等恢宏的比附气势所产生的生机勃勃的文化盛象将在平阳复兴。

人们乐于将曾成钢和曾成金合称“二曾”相提并论，除了二人的大名只有半个字之差以外，其共同点或许是“二曾”的艺术人生中有某些近似之处——那就是他们都从社会的基层起步而走上艺术殿堂，他们植根于乡土民间，汲取了滋生于乡风民俗间的肥沃的艺术养分，使艺术之树枝繁叶茂。

论家世，曾成钢的父亲是平阳县鳌江边一位搏风战浪的渔民，大海里风涛变幻恰似人体中摄受了某种潜能，通过遗传共振，激活了成钢大脑里的艺术细胞。塑，从土。提到雕塑，给人的直觉就是在泥巴木头上抟捏刻画的艺术。昔日鳌江镇镇区面积小，成钢家住临河小街边，跨过小河石桥即是乡间袤延的土地，生长于小镇的曾成钢自少熏习于家乡“土气”，稍长即如“近朱者赤近墨者黑”，选择了雕塑专业。恢复高考后他成了中国美术学院（原浙江美术学院）雕塑系的第一届大学生。但毕业后他的艺术道路并不平坦，他回归农村，乡镇企业干过，徘徊过，消沉过……曲折生活的历练，有拼搏，有奋斗……成功，最后还是赠予坚强者，现在，作为全国政协委员、清华大学美术学院雕塑系教授的曾成钢不仅创作成果丰硕，且在雕塑界有“金牌专业户”的美誉，像青铜雕塑作品《鉴湖三杰》获新中国第七届雕塑展金奖；作品《莲说》曾获得青年艺术家作品奖……他的作品即使一刀一削，一镂一划，最能体现特色的是那来自乡土中透析的生命的力量。他的创作力道遒劲，简直可以让坚硬的金属材料，在他手下变成随意拿捏的家乡的泥巴。如他家里组成《莲说》群塑的一个个绽裂着的乳白色的雕塑作品《莲蓬》，只有巴掌大小，里面苍劲的脉理条条毕露，仿佛挣扎着发出生命的呐喊，无不体现着艺术的张力。

现在，高居艺术庙堂的曾成钢一直没有淡忘哺育他成长的乡土元素。他曾用中国传统的“五行”学说来妙解文化，他说文化是“水”，生命之源；文化的载体是“土”，例如建筑、雕塑等艺术形式。有了“水”和“土”，才滋生了万物，即“木”。“金”是度量衡，如社会制度和体制，那么“火”就是精神，有了精神，光明炳焕，世界才会有希望，艺术也才会有感染力。曾成钢艺术生涯倚重乡土，他的艺术创作有了厚重的载体，这艺术之树就会如乔松大木般参天。

说到和曾成钢大名只有半个字之差的画家曾成金，人们大概仅会认为他们仅是联袂丹青，殊不知曾成金还是曾成钢这位从乡野中走出来的艺坛名家所师从的艺术引路人。

曾成金的父亲也是鳌江镇的一位民间纸扎艺人。曾家祖传的纸扎手艺，到了乃父曾振声手里，已经到了出神入化炉火纯青的地步。曾成金从孩提时代就开始玩纸扎，色彩斑斓的世界，飞禽走兽春草朝花信手变幻……成金的脑海里艺术的烙印留得深刻。

曾成金眷恋脚下的乡土，除求学的青年时代长时间在杭城度过外，到目前年过花甲，他的创作生涯均在平阳。他喜以鳌江的古名“古鳌头”自称为“古鳌头人”，徜徉于平阳山水间，美术创作的题材，也多着墨于乡土。像《荆溪牧趣图》《南雁荡山水古诗画意百图》《好戏》等，无不充满乡土味。立足乡土，图说生活，这就是曾成金的艺术取向。乡土的灵气，把老曾塑造成了连环画、年画、宣传画、国画、水彩诸画种全能，山水、人物、花鸟、工笔诸丹青门类齐全的画界全才。行内人至今还记得，20 世纪 80年代，老曾是浙江省年画研究会理事，又担担任连环画研究会理事，是全国少有的“双理事”画家。

墙里开花墙外红，尽管老曾居处偏僻的浙南海边小镇，但他的才名已久为人知，上级或外地的一些创作活动都会邀请他参加。像 2006 年浙江省委宣传部创作《浙江百名历史名人》人物画，其中的“七君子之一 —— 章乃器”的创作任务，就交由老曾完成。没过多久，老曾就将章乃器的崇高形象绘声绘色地搬到了宣纸上。

在平阳乡间，有一句俗话叫“近佛远显灵”。这句话和“距离产生美”这句艺术性的话语在某方面的含义是相同的，表达的是主体追求的一种人气效应。现今年过花甲的曾成金还是安耽地居处在鳌江镇，日日盘桓于故旧乡人间，一日三照面，矮墩墩的身材，一头银发，衣着简朴，和乡人的接触仍旧是“零距离”的。这无疑导致人们对成金的形象熟视无睹，对他的画艺成就也只有施以习以为常的眼光而视之等闲。

不过以上这种“距离”之说是以市井外行人的认识评判水准去理解艺术，真正懂得艺术的人是能够以艺术的真美的标准去衡量去解读的。

正因为如此，朋友曾怂恿成金这位“乡间老土”到大城市去发展，和曾成钢成联璧之势。但成金仿佛觉得吾乡吾土有他汲之不涸取之不竭的创作源泉，未为所动。所以，我们也只能拾乡人牙慧而起哄，遥呼之“平阳二曾”，兴许可以为吾乡挣回一抹风雅之光。

范振水，为了国际信义而著书

厚厚一大沓书稿，让我们目睹了作者的坚强意志；

洋洋十几万字的著作，让我们感受了作者的坚韧毅力。

当我们被这个震撼心灵的创作故事深深打动而前去看望他时，面对的是轮椅上的作者。他，就是曾任中国驻非洲加蓬国大使范振水。为了兑现在国际政坛上的华裔风云人物让·平面前许下的一个承诺，在丧失正常语言和行动能力的情况下，范振水大使艰难地在电脑键盘上一个字一个字地敲，使一部十五万多字的《非盟委员会主席——中非人民之骄子》终于脱颖而出。

一

说到写作《非盟委员会主席——中非人民之骄子》一书，失去正常语言能力的范大使借用书面交流和他夫人补充的方法，向我们介绍其缘由。

2002年底，范振水赴非洲加蓬担任中国驻加蓬国大使。其时，一颗耀眼的政坛新星、加蓬外交部长让·平让他深深折服。让·平的父亲程志平是浙江温州人，1930年来到加蓬创业，此后再也没有回过故园。作为生在非洲、长在非洲的让·平，对遥远的东方祖籍地有着割不断的亲情，自1994年开始，已三次回国寻根。让·平传奇般的身世，触动了范振水的灵感。

“尊敬的外长先生，作为一名中国人，我有责任为您写一本个人传记。”范振水当着让·平的面，真切而坚定地说。

二

书写传记的决心下定以后，范振水大使在工作之暇便开始搜集和积累素材。

加蓬首都利伯维尔，加蓬外交部长办公室成了范振水大使想去随时可去的地方。让·平在国内和国际上事务都很繁忙，范大使就瞅准让·平的时间空隙，抓紧采访。让·平也曾邀请范振水和他一起到他的加蓬家乡翁布埃镇参观访问。范振水又陪同让·平回中国到浙江温州让·平的祖籍地参观采访。家乡爱、故国情，丝丝缕缕汇集在范振水的思维意识里，酝酿出一股蓄势待发的创作热流。

而在往后的时间里，两件事情的出现，使范振水这部书的写作平添了奇壮色彩。一是让·平于2004年6月开始，担任了为期一年的第59届联合国大会主席，到美国纽约联合国总部赴任。2008年2月，让·平又升任非洲联盟主席，到埃塞俄比亚的非盟总部所在地亚的斯亚贝巴任职，工作更加繁忙；二是范振水的健康出现了问题，双手不听使唤，写字发抖，经常出现腰背疼痛。在此期间，范振水也从加蓬移居刚果（金），于2005年春任中国驻刚果（金）大使。

疾病如悬在他头顶的无形利剑，随时威胁着范振水的健康。而且离开了加蓬，远离了让·平，这个写作计划是否要抛弃？然而，范振水把自己的诺言当作神圣的使命，他要满世界追踪让·平，寻觅他的人生轨迹，为他的传奇人生寻求注脚。特别是2004年让·平担任联合国大会主席期间，身兼加蓬外交部长，一人挑两副重担，工作繁忙。范振水向让·平要了一张他的作息时间表，便于自己电话采访：

让·平早晨6点起床。这个时间正是加蓬的中午12点，他在这个钟点与国内联系，遥控指挥外交部的工作。

而范振水与让·平的越洋电话，只能挤占他早晨8点上班之前的时间，这就要计算好时差。

不知多少个凌晨1时许，加蓬首都利伯维尔市中国驻加蓬大使馆官邸的电灯就早早地亮了。此时刚好是美国纽约时间早上7点。范振水半夜起床，就是要赶在让·平早上8点上班之前采访他。一个越洋电话，范振水把准备了几天的一连串问题向让·平了解求证。让·平习惯使用法语，而范振水的法语水平很一般，但他用自己的耐心和执着，感化了这位非洲政坛领袖。范振水不止一次地叨叨絮语反复征询，让·平也总是不厌其烦地给以满意的答复。

三

到了2007年3月，范振水撰写让·平传记的素材全部准备完备。这时候，范振水也从中国驻刚果(金)大使的位置上退下来，他飞回北京，传记正式进入写作阶段。然而，由于长期以来工作的紧张和劳累过度，范振水的病情逐渐加重，手僵且发抖，行动说话明显出现障碍。并且伴随着背、臂等部位及坐骨神经痛。他立即到北京医院检查就诊，结果医生告诉他，这种症状像中风的疾病是脑平衡问题，这种病大忌劳累，一定要注意休息——言外之意是你退休了，就这样安度晚年，什么都不要干了！

听了医生的诊断结果，再对照自己的身体状况，范振水这位七尺男儿的眼眶湿润了。此时，他的脑海里为自己的命运考虑得很少，他焦虑的是在让·平面前许下的诺言和无数次采访让·平时，对让·平给以真诚配合的歉意……难道这本传记就这样胎死腹中？自古有言，燕赵多慷慨悲歌之士。此时此刻，这位河北籍的外交官心底激起的是先人的豪情，他心潮起伏之间暗下决心：不，就是趴着，也要完成这本传记！

初春的寒意还盘桓于京华大地，范振水带着一种强加给自己的使命，拖着病躯，携带书稿素材，动身跨过重洋去美国华盛顿，住进我国驻美使馆公寓，进行静心写作。

前后算起来，60出头、才华横溢的范振水已出过3本著作，但无论哪一本也没有这本书写得辛苦。三月的华盛顿特区康涅迪格大道，中国驻美使馆公寓的窗前，已然是绿草如茵，鸟语花香。但带病写作的范振水无心观赏窗外的美景，更不能轻松自如地到林荫地里伸展腰肢，他把自己紧紧关在房间里拼命地写。开始，他发抖的手还能艰难地握笔，一行行歪歪扭扭的字迹还能在他的笔端慢慢地流出。没过多久，他的双手完全不听使唤了，他便赶紧改用电脑打字。说话出现障碍，双手不能接打电话，为补充了解一些写作材料，他便靠发短信去了解……

2008 年 8 月奥运会期间，作为嘉宾来北京参加奥运会的让·平，提出要见见范振水这位老朋友。但有人告诉让·平，范大使身体健康不允许，让·平只好作罢。而让·平无论如何也想不到，范大使在不允许会客的身体状况下，仍在坚持写他的传记。

近乎瘫痪的人，坚持生活本身就是一种意志和毅力的体现。而在这种生活压力下，再加上为实现某种人生目标而奋斗，这就更能显示生命的力量。在中国驻美国大使馆公寓，范振水每天在电脑前“嗒嗒嗒”地写作。他的夫人谢传勤退休后，两人从美国回到北京。在夫人的服侍下继续带病打他的字，写他的书。一直到 2008 年底，15 万多字的让·平传记终于成功脱稿。

这本传记共包括：“我的朋友让·平”“走进让·平办公室”“人权外交战”“让· 平：我的外交观”“把酒非洲岳阳楼”“非盟主席，舍平其谁也”等 11 个章节，翔实地记载了让·平在国际舞台上纵横捭阖的身姿和其聪明才智，以及他对加蓬、对中国家乡和父老的重重情和深深爱。此时，让·平已担任共有 53 国的非洲联盟主席半年多时间，范大使便把这本书取名《非盟委员会主席——中非人民之骄子》，成了中国人献给让·平的最好礼物。

乡风美俗化胜利

真是“三十里不同风，五十里不同俗”，在温州这个地方，水网纵横，山陵屈伸，自然环境的遮护，形成语言的复杂性、风俗习惯的多样性。在大罗山东面的海滨小镇龙湾区天河镇，有一个1000来户人家的村庄，唤作庄泉村，自古以来传承着一种独有的美俗：兄弟辈中的长兄如果事业发达了，其家产财富要和诸弟均分，以承担为诸弟成家立业的义务。这样，裨助父母兴家道，长辈的负担减轻了，兄弟间的情义增强了……岁月悠远，这种美俗的传承，不仅导引着地方善行义举的播扬，而且其变化气质，在改善民众精神风貌方面也日臻有功。

俗话说一方山水养一方人。在庄泉村5千米外的温州经济技术开发区，有一家温州胜利精密模具有限公司，总经理朱胜利便是天河镇庄泉村人。今年36岁的朱胜利在外办企业闯世界十年，接触过南腔北调人等，见识过“乱花渐欲迷人眼”的缤纷世相，庄泉村的乡风里俗却一直如清风，如甘泉，滋润着他的心灵，使之在尘劳俗务中不昧善良。

古人说，修身齐家；今人说，家庭教育是一切教育的基础；朱胜利最切近实际的善举，还是从家庭这个社会单元做起。朱家有兄弟三人，胜利排行老大，庄泉村百千年来风俗所形成的“铁的定律”便以逻辑性的程序在胜利身上得以演进——创业伊始，胜利腰包鼓了，他便承担起对二位弟弟立业成家的担子，于是朱家老二到东北读医大，继而在温州医学院附属二医读研究生，老三到西安经商。无论是二弟的学业、三弟经商，还是两个弟弟的婚事等，朱胜利一一给予操持而乐此不疲。到三兄弟分家时，朱家兄弟仨真正做到了“指头伸出无长短”，实现了三家经济实力在同一起跑线上共同起步。

东汉时的应劭在《风俗通》里解释“风俗”时说到其现象及发展的趋势：“风者，天气有寒暖、地形有险易，水泉有美恶、草木有刚柔也。俗者，含血之类，像之而生。故言语歌讴异声，鼓舞动作殊形……圣人作而均齐之……”说明了风俗与人的关系及影响。如果说，朱胜利匡助兄弟成家立业是庄泉村乡风民俗下的行为规则，那么正是有着这种从乡土习俗中传承的善根为基础，从小家庭到大社会，其善良的举动便在他的社会行为方面显现出一个个美丽的投影，成为他习惯行为的延伸。

首先，朱胜利对自己这家企业的社会能效作了核心价值观定位——思利及人！这一充满思辨的名言，确定了朱胜利突破当前一些成功人士尤其是企业经营者专在索取利益上打算盘的狭隘思想局限，昭示着他不断为社会作奉献的心迹。如汶川大地震，他慨然捐资 1 万多元；瓯海陈傅良助学基金会成立，他动员朋友一起与多名贫困学生结对，资助他们求学；乡里修桥筑路，父老乡亲上门求助，他有求必应……

朱胜利很谦逊。而今，乐于奉献的他并未沾沾于目下的一二善举。习惯了舍与的结果，好像导致他大脑中的物质意识与精神意识作了一番置换，他的人生追求的境界提高了。他继续办实业，他也开始注重于自身气质和素养方面的提升，做到在这个多维社会的交融中不断地虚心学习——就读中南大学管理专业、到广州学习“心灵教育”课、接受各种专业知识培训……他不仅学习企业管理、学习书本知识和理论，他还学习全国各不同地域文化背景下民众的个性特质，他学成都人的安娴优雅、广东人的姿调平和、河南人的淳厚朴实……

我想，拥有厚重的乡土文化潜质的朱胜利，再经过不断的充实，集兼容并蓄于一身，从精神气质到形象，一定会出落得更完美。

乡情眷眷黄公望

黄公望是哪里人？其实这是一个明知故问的话题。早在600多年前，号称大痴道人的这位画坛宗师黄公望，就在他的传世珍品《水阁清幽图》等画作中署名为“平阳黄公望”。但是近年来由于少有提及等种种原因，温州普通民众对于这位先贤有点陌生。笔者在这里无意也没必要肇启历史名人的里籍之争，只是物换星移，不变的是乡情，今年6月份，发生了一件举国关注的大事：存于大陆的黄公望的传世名作《富春山居图》的《剩山图》部分和藏于台湾的《无用师卷》部分在台湾的成功对接璧合。最近平阳县和温州博物馆等方面又举办“黄公望《水阁清幽图》画展”。一边是神州山水的合璧，一边是为黄公望的乡人身份而呐喊，两大举动，浓墨重彩，渲染的是隽永的乡情，呼唤的是浓厚的亲情。

600多年前的元代，一代画坛宗师黄公望承袭中国传统文人的风习，在涉陷牢狱之灾出来之后，绝意仕途，浪迹江浙一带，赏山爱水，体道寻真，或为民众卜卦决休咎，或着意于翰墨丹青，其人生如行吟，如放歌，把对神州大地的爱，倾注于笔下毫端。《富春山居图》《天台石壁图》《水阁清幽图》…… 一幅幅带着家乡山水烙印的佳构巨制相继问世，一 件 件 珍品都成了中华民族文化的瑰宝；同时，他通过自己的文人山水画实践经验总结的《写山水诀》理论，为后世的美术创作所师法；其意境如画的诗文，也为中华文化增添了优美的篇什……史称东瓯山水清丽人文蔚盛，斯言信哉，中国的山水诗发轫于温州，南朝永嘉（即今温州）太守谢灵运被尊称为山水诗的鼻祖。而纵观中国美术史，结合这位大痴道人的成就，我们也起码可以这样说，平阳黄公望的出现，对中国山水画的发展，有着里程碑式划时代的意义，温州乃至浙南山川名胜，对中国山水画表现艺术的提高，有着重大启迪和着染作用。

俗话说，人杰地灵，人们历来习惯于把一个人的成就，与山川水土的孕育挂起钩来。而相辅相成，一位有成就的人士，也就成了各地引以为荣耀的金名片，其生平籍贯稍有瓜葛，便会成为地方与地方之间争夺的对象。黄公望的身世确实有点复杂，据有的史料记载，他出生于常熟，本名陆坚，后来过继给永嘉（古时或泛称今温州市范围为永嘉）黄氏，改名黄公望。这也难怪，中国的民间社会，雪泥鸿爪，都是文化的话题，何况创作了《富春山居图》这种旷世名画的黄公望？而且黄公望云游四海浪迹江湖的人生履历，也为各地提供了“入籍”的条件。就这样，世人对黄公望的里籍就生出种种疑窦和歧见，常熟焉？永嘉焉？或是平阳……

毋庸讳言，自述的史料其真实性肯定让后人倚重而作为第一采信对象。黄公望籍贯的自我认定，不是当代人的新发现，也不仅见证于现藏南京博物院的《水阁清幽图》上。在清初浙江仁和姚际恒的《家藏书画记》中就记载道：“又《观瀑图》取境幽冷，用意深微，笔墨之痕俱化，上书‘平阳黄公望写于云间客舍’。”像现藏于日本大阪的黄的传世作品《江山幽兴图》等画作，亦即黄公望的所有传世作品中，凡是署明籍里的，都是落款“平阳黄公望”。这些落署，这好像是大师向后人的反复交代，或可以说是这位大师的件件“遗嘱”，如果后人要尊重这位造诣高深的艺术宗师，要尊重这位宗师的艺术成就，我们不禁还是要强调，应该尊重历史的现实，尊重黄大师的自我选择——他是“平阳黄公望”。至于人们的“常熟说”等应另当别论，甚或可以说，对于像黄公望这样的历史名人的“抠挖”，是时下对文化的崇尚现象。

特殊的人生历练肯定培育了一个人的特殊情感。让我们再回到黄公望生活的年代去体察大师的乡情。“人生无奈老来何，日薄崦嵫已不多”，这是黄公望82岁时所作的《次韵梧竹主人所和竹所诗奉简四首》中表露的对生命的感慨。据目前所知，黄公望所留传的署名“平阳”籍的画作，都是他在80岁以后的作品，这也可以推断，过惯了大半辈子闲云野鹤漂泊无定生活的黄公望，愈到晚年，只能以愈加强烈的乡土情感作为自己生命的落脚点。梦里家山隔白云，在那交通闭塞的年代，思及乡井，他只能在笔墨中给后世留下记忆以交代自己的籍贯人氏。愈到暮年，这种家乡情愫愈显深沉。这深情的背后，应有浙南平阳山水的磁性般吸引力的作用，应有平阳父老乡亲缱绻亲情的牵系。或许正是由于这思乡的灵魂，成就了他笔下的山水神韵，清峻风骨。“千江有水千江月”，艺术家的心里装着乡情，他感受自然而体现和反映在作品中的艺术效果是一样的，像《富春山居图》就包含着乡土元素，那一山一水一草一木都带着黄公望情感的符号，设若黄大宗师知道到了明末，自己呕心沥血创作的凝聚河山情结的旷世山水名作《富春山居图》流转到藏家吴洪裕手里之后被焚烧为两截，及至后来又两相分离，分藏海峡两岸时，不知会作何悲情！

对生活的追本溯源，是人类社会探索文明的一种途径。黄公望的《富春山居图》及其他山水画作的艺术和文化之根在神州大地，《富春山居图》的乡故之情是不能两相割裂的。“浮云游子意，落日故人情”，不管黄公望的时代离我们有多久远，也不管像《富春山居图》这样凝聚山河情结的旷世作品被分裂隔存两地的距离有多遥远，以乡情铸就的民族向心力、追求整体性完美的传统意识，都会突破这种时空距离，让他们走到一起，这种意愿，就普遍存在于国人的心坎里。

此生倾情国际友谊

溪山清秀的驿头村是那么的静谧，以致我一进入该村，湛澄的心境下，耳畔仿佛响起喧闹的锣鼓声。那是一次次迎接国际政坛名人、非洲加蓬国原外长、第 59 届联合国大会主席、第 18 届非盟委员会主席让 · 平先生的热闹场面。作为温州驿头人的后代，让 · 平自 1994 年以来先后 6 次回温州，其间 5 次回祖籍驿头村省亲问祖，每一次回归故里的安排活动中，都活跃着一位非凡的女性，她就是让 · 平的侄女程秀萍。然而如今，这热闹的锣鼓声声犹在耳畔，一个小山村的一桩桩国际盛事仍历历在目，秀萍阿姨却溘然长逝，这不禁让人哀伤不已！思想像秀萍阿姨平时的工作热情和干劲，您的七十岁春秋离辞世应还有漫长时日，还可以为中非国际友谊做很多工作，奈何天不假年，让人无限痛惜！

我和秀萍阿姨的认识，就是因让·平与中非之间的国际友谊，就是始于让·平与祖籍鹿城驿头村之间的亲情。

那是在2005年春夏之际，我们得知鹿城区政府将制作富含乡土风情的礼物赠送给非洲加蓬国外交部长让·平先生的消息。

让·平先生祖籍在温州鹿城驿头村，他父亲于20世纪30年代赴非洲加蓬国谋生，后在加蓬国娶当地女子成家，生下让·平。2005年前的几年间，让·平曾3次回驿头村寻根问祖。作为一名《浙江日报》驻地记者，我不能对此事不作关注，于是找到让·平在温州的侄女程秀萍阿姨，相约赴驿头村。

我清楚地记得，那天是在秀萍阿姨家海坛山庄楼下出发。鹿城区委报道组的虞冬青、驿头村书记程宗政同去。第一次见面，秀萍阿姨亲切、热情，一下子拉近了我们之间的距离。同时其富有文化涵养而大方、得体的言行，显示了一种超然的历练，她给人的印象，是一位非同一般的女性。从这一次采访以后，只要有关让·平的活动，她都会及时地告诉我，以至于在以后的深入交往中，或者遇到宣传让·平的有关事项，她也会和我商量，让我去帮忙，而我在工作方面遇到困惑，我也会坦诚地向她诉说。由于她，我也认识了她的弟弟程小平和她的一家人，以及驿头村的程宗政、程炳兴等一班朋友，进而全面深入认识驿头村的山水风物。

秀萍阿姨还办有企业，她很忙。但尽管忙，她还是不忘以自己特殊的身份，以特殊的方式，为光大一段特殊的国际友谊而费心和奔走。对于秀萍阿姨倾心弘扬爱国爱乡文化所展开的一系列义行善举，我们可以说是一位普通温州女性对国际爱国主义精神的一种呼应，是对民族爱乡情怀的一种自觉回馈。非洲的让·平先生对祖籍一往情深，他谨遵父亲遗训，以语言不通、肤色不同的异域人士，先后以国际政坛名人的显赫身份，多次来驿头寻根。秀萍阿姨为驿头这个浙南小山村，为程家出了让·平这样的人物而自豪。对这位国际政坛名人爱国爱乡精神的光大和弘扬，自此成为秀萍阿姨生活和工作的重要部分，一件件干得那么投入，那么不惜奉献。

那是在2007年春，刚从海外归来的程小平，又向大家提起我国原驻加蓬大使范振水先生在任时，与加蓬外长让·平交往密切，交情深厚，让·平身上遗传的中国传统文化的基因及家国情结感动了范大使的心。范大使曾着手撰写一本让·平传记，因为卸任回国后，范大使身体欠佳，况又失去联系，不知此书现在结果如何。

弟弟程小平的话题，深深触动了秀萍阿姨的心。一次她殷切地交代我，希望能通过什么渠道找到北京的范大使，并促成该书面世。我后来通过在外交部工作的同乡赵世人先生，与范大使取得了联系。我把联系上范大使，以及范大使的近况告诉秀萍阿姨和程小平之后，秀萍阿姨毫不犹豫地又买好机票，让我和她弟弟程小平夫妇专程到北京探望范大使。而范大使也被秀萍阿姨姐弟的殷切之情所感动，以非凡的毅力，在夫人的全力支持下，抱病继续写作。

在这本数十万字的书中，让·平的孝道、让·平的尊祖爱乡亲情、让·平作为炎黄后裔的爱国举动，及至他在国际政坛上纵横捭阖的形象，在书中一一得到深度刻画，秀萍阿姨的一桩心愿终于得以完成。书稿完成后，又在宁波矿业公司老总林平、温州市社科联领导洪振宁、温州太平洋保险公司总经理庄才潜、书法家林剑丹等人士的支持下得以出版，并在温州的“两会”上发送。一本记载让·平尊祖爱乡深情，描写让·平在非洲及国际政坛风采的传记，就这样流传于世。

我们可以说，秀萍阿姨，您是挖掘让·平尊崇孝道、祖述乡国精神的传薪人！

缘于让·平而缔结的中国和加蓬及非洲的友谊，跨越两大洲而不断地加深和传扬。作为让·平的祖居地，温州的驿头村也成了让·平寄托乡土亲情的感情落脚点，成了传播国际友谊的“名区胜域”。为了使这种国际友谊有个牢不可破的载体，作为让·平的亲人，秀萍阿姨和弟弟程小平合计，准备自掏腰包建一座中（国）加（蓬）友谊馆，让这种跨越两大洲的亲情友谊世代传承。这项工程从2005年开始，历时5年，投资800余万元。这5年间，从土地购置到图纸设计，从主体建筑施工，到展厅布置等，不知洒下了秀萍阿姨的多少心血。2009年9月10日，驿头中加友谊馆落成开馆，担任非盟委员会主席的让·平先生在中外人士的陪同下，亲临驿头村为中加友谊馆开馆剪彩。当让·平及来自非洲的外交官和我外交部的官员、地方政府领

曾成金绘

导看到这巍峨的友谊馆建筑而翘起拇指，观赏了友谊馆里体现中国和非洲国家之间深厚亲情友谊的图文展品而赞赏不绝时，秀萍阿姨表现出了难得的欣慰之情。

我们可以说，秀萍阿姨您是一位中国和非洲友谊桥梁的构架者！

让·平思想深处的孝道和遗传的中华传统文化基因，不仅感染着秀萍阿姨，也感动着海内外温州人及国人。早在 2003 年 12 月，温籍资深纪录片导演叶卉女士开始让·平家族传记片《我的中国父亲》的创作，影片记录并见证了让·平家族跨越百年的中非友谊传奇。叶卉女士专程来温州采访了秀萍阿姨 。秀萍阿姨对让·平家族史，对让·平的孝道等作了深情的回忆，该纪录影片中也难得留下了秀萍阿姨一段生动感人的回忆画面。作为迄今唯一被美国国会图书馆永久收藏的中国纪录片，影片所展现的让·平于他父亲父子两代人长达一个世纪的故土情怀深深打动了每一个人。秀萍阿姨在该片首映仪式前就关注和观看了该片，并对我提起，该片的片头场景和内容拍摄相当不错。

2008 年 9 月 7 日，《我的中国父亲》在北京钓鱼台国宾馆首映。远在温州的秀萍阿姨在首映日要去迎接让·平， 与各界人士一起观赏让·平的人生美德在这纪录片中的完美体现。那天，她又邀请我们同赴钓鱼台国宾馆。让·平先生亲临现场，中共中央统战部原副部长、中非商会名誉会长胡德平，国务院参事室主任陈进玉，时任浙江省委副书记李强等领导及众多中外人士共同观看了这部充满温州乡土文化情结和道德符号的影片。

据叶卉导演介绍，秀萍阿姨曾在两年前悄悄告诉过她，自己正在整理并撰写一部关于让·平及家族的回忆录，手稿已经写了13章，没让任何人知道，期望有生之年能完稿出版，让世人更多了解关于家族几代人的故事。可是现在没人知道此稿的下落……

秀萍阿姨，您是让·平文化传播的有力助推者！

2014年8月28日

《非洲之光》的启示

加蓬华裔、现任非盟委员会主席让·平不久前推出了一本探讨非洲社会发展，思考非洲国家政治问题的新著《非洲之光》。该书中文版出在英文版之先，在温州首发，使我们有机会先睹为快，早一步认识了这位华裔政治家的思想和理论观点。全书自始至终充满呼吁公平、正义的呼声，折射出强烈的追求自主、团结统一而推进非洲发展的政治思想主张。让·平的父亲为温州人，作为一位血脉里流淌着华夏血液的华裔政治家，让·平的遗传因子里不无中华传统思想和理念的精粹。

我国古代备受推崇的正统思想代表人物、宋代理学家朱熹在肯定张横渠的《西铭》中以乾坤为父母的说法时曾阐释说："若以父母而言，则一物各一父母；若以乾坤而言，则万物同一父母矣。……古之君子，唯其见得道理真实如此，所以亲亲而仁民，仁民而爱物，推其所为，以至于能以天下为一家，中国为一人。"

这种推尊乾坤平等万物的思想，确定的是天下至公理论。让·平的《非洲之光》一书中，大胆为非洲力挽的，正是处于西方文化思潮下日显倾斜日见偏颇的政治天平。

当今世界，和平和发展是大势所趋。联合国早在1945年创立时确定的基本任务之一就是“促成社会进步及较善之民生”。由于历史和社会原因，近几十年或殖民时代结束以来，非洲的发展走势，我们不妨说它是处于受制西方的地位。让·平先生在回顾分析了非洲近几十年来的进程后，把评判政治得失的契入点放在20世纪初的苏联解体之际，在该书第三章中写道：“处于大变动中的两极后世界，其特点是东西方秩序，即所谓的雅尔塔秩序结束了（它是伴随着苏联集团的解体而发生的），特别是出现了由美国主导的新秩序。”接着他在历数了以民主和自由为主体成分的“新秩序”对非洲国家和社会的冲击现象后，严峻地指出，“世界新秩序的消极面，首先是完全彻底抛弃了非洲国家的主权和独立原则”，“该项以前不可触犯的原则，如今越来越受到全球化和正在孕育中的‘新权利’的践踏和挑战”。让·平先生在书中写道，“从20世纪90年代初开始，非洲国家的主要政策目标是要建立现代化国家或现代化国家集团，追求经济社会发展，以使人民需求得以满足。这些目标得到了联合国的首肯和支持”，但具体的支持要有先决条件，就是要实行带有一系列经济、政治，甚至意识形态指导原则和新自由主义标准，以及被认为是具有普遍意义的价值观和准则等概念在内的“良政”，让·平先生指出，这种“良政”概念，“同时也成了出资国用来影响非洲国家政府行为的官方理论”。“正是为了推行这种良政，人们不惜一切要摧毁非洲国家。以前的那个‘强大、权威、集权’的国家、和平与安全的捍卫者、发展的动力和推进者，现在被视作阻碍进步的破坏者”。“为达此（良政）目的，不得不进行一系列经济、政治改革，大张旗鼓地把非洲国家的权力交给了私人领域，交给了市场，交给了非政府组织，交给了民间社会”。

西方国家推行“新秩序”的战略，是有诸多手段的，其中最惯于使用的“利器”“主要的是‘干预权’，即干预完全属于另一国管理的事务的权利”。让·平先生在认同对一些非洲地区极端行为作出干预的同时，列举了多起“干预”侵害侮辱非洲国家主权的事例。如2003年4月，他当时担任加蓬国外长，某个大国大使以所谓给予加蓬部队军官三四个奖学金名额的军援相胁迫，敦促加蓬尽快与一个新建立的国际组织签订协议。再如2001年初的“埃蒂里诺”号舰事件，国际上一些非政府组织在没有弄清楚真相的情况下，对加蓬这个非洲弱小国家大加挞伐，严加指责攻击，加蓬受到严重制裁的威胁，他这个外长得到粗暴的回答也是："不要指望我们的帮助，这是你们的问题。"再如一些环境保护案件、司法案件等，让·平先生觉得，在这种新秩序下，在强国和弱国、大国和小国之间处理这些事务真有一种"刑不上大夫"的不公平，缺乏正义感，他甚至严厉指出："然而，为什么一些国家总是置身于法律之上，不受到制裁呢？它们为别国颁布法律，自己却不执行。"

中国有句古话，叫推己及人，又有一句话，己所不欲，勿施于人。这是建立人际平等关系的箴言，国与国之间又何尝不能如此呢，如果以不对等不公平的关系处理国与国之间的事务，那只能是强者更强，弱者失去尊严，把"援助""支持"作为"嗟来之食"，只能令贫弱国家失去主权。让·平先生以加蓬为例，自世界出现新秩序的约15年来，"'小国'和'弱者'，经常采取的唯一态度是：弯下自己的腰"，"必须俯首听命，以使加蓬和非洲避免受到惩处：失去《非洲增长与机会法》给予的关税待遇，它们在国际货币基金组织中的要求被冻结，停止某些援助，在国际上被妖魔化和制裁等。其结果是，时至今日，加蓬依然处于困境，甚至是受侮辱的境地"。对于非洲来说，全球化和新自由主义秩序“导致出现了一系列的反常现象和矛盾，这些问题破坏了非洲的独立、安全和发展，从而导致非洲真正的大倒退，非洲不是前进而是倒转后退”。

20 世纪 90 年代初以来的西方价值观投射在非洲国家和社会身上反映最强烈的现象，特别需要指出的还有民主化浪潮带来的巨大负面作用。让·平先生首先表示，“千万不要误会，我的意思并不是民主和与民主共生的经济自由主义不适合非洲，……任何文化下都不会有人愿意丧失自由，遭受暴力或无辜被害”。但他举了海地民选总统让·贝特朗·阿里斯蒂德于 1990 年上台后在短暂的时间内几经反复最后还是被赶下台而造成海地混乱为例，批评“‘忽视接受国的接受能力以及政治、社会和文化条件，梦想输出整个民主政治体制’，是有局限性的”。这些观点和例子证明，无视他国社会基础而强加以政治生活模式，只能造成国情大相枘凿的尴尬局面。至于西方民主化作用于非洲国家出现的社会畸变，让·平先生更是引用法国人茨维坦·托多洛夫的话尖锐地指出，“无政府主义比暴政更糟糕，因为它是以所有人的独裁取代一个人的独裁”。

《非洲之光》一书作为一位政治家亲历非洲社会变革的切身之谈，作者在充分分析和大胆揭开了非洲当前的艰难境遇之后，突出了最鲜明和卓有远见的政治观点，这就是让·平先生站在一个政治高度，以非洲国家的国情和社会基础为现实依据，在大胆匡正当今西方价值观普遍盛行下出现的各种政治“幼稚病”的同时，竭力主张非洲国家走团结统一和自主的发展道路。他坚信非洲国家有能力化解自身的危机以推动社会经济的进步。如 20 世纪 90 年代以来，由非洲国家组织参与斡旋解决旷日持久的中非共和国危机；以及 2003 年 7 月份发生圣多美和普林西比兵变事件，非洲多个国家下决心排除用武装干涉的办法，避免了一场流血冲突，使危机得到温和解决；还有斡旋处置极其复杂的科特迪瓦危机等。让·平先生在分析总结联合国安理会成员国等外部力量处置非洲国家危机等事务时，有时候反应过慢，有时候介入太少，有时候过于无序，有时候失衡，有时候则推诿搪塞或者毫无建树。人们从这些批评中可以获得一种信息，就是外人特别是推销西方价值观的人们，对非洲的国情和社会还是把脉不准。即使是真心为着非洲人民的福祉，那也是犯了善意的错误。

至于追溯到非洲国家国情和社会背景下西方价值观的渗透传播，让·平先生在注释中就精辟而明确地指出，“亚洲和非洲的传统社会总是把社会放在第一位，而不是像西方一样把个人放在首位”。因此他呼吁建立非洲政治、经济一体化，建立自主、统一的政治框架，充分利用和发挥资源、市场等方面优势，共创非洲美好未来。

纵观本书，我们清醒地认识到现今西方的价值观念及意识形态正在全球膨胀，我们和非洲国家感受或许相同，因此让·平先生的著作不能不给我们带来思考和启示。

幸有真情洒雪域

古代文学理论家刘勰在《文心雕龙·情采》一节中，有“为情而造文”的说法，又有“文质附乎性情”的观点，这些述说，都是强调真情实感、情感意志在文章中的作用。近读苍南县县长黄荣定先生的新作《雪域抒怀》一书，一股强烈的真诚为民的气息扑面而来，让人读来可亲可敬，使人看到了当下政治现实的希望。

黄荣定于2007年至2010年响应省委省政府号召，援藏赴那曲地区嘉黎县担任县委书记。藏北嘉黎县地处“世界屋脊”，平均海拔4500米。那里地僻民贫、地广人稀、高寒缺氧、环境恶劣，黄荣定和他的同伴们带着为民族地区建设发展作奉献的壮志雄心，带着砥砺人生锤炼意志的豪情，踏上了这片雪域高原。三年的县委书记任期，没有使这位来自东海之滨的基层干部蹉跎岁月，虚度光阴。一段特殊的经历，一本《雪域抒怀》，通过作者的所思所想所作所为，浓缩着作者对藏区、对藏族民众深情厚谊，同时敞亮着了一位基层执政者的高尚情怀和心底闪光的人性。一位年青的地方执政者对群众的无限深情，对工作和事业的极大热情，以及献身艰险环境锻炼成长的乐观主义的进取精神跃然纸上。

黄荣定赴藏之初，就针对援藏工作定下基调——《按照“一盘棋、一团火、一面旗”的要求，努力当好援藏县委书记》。展读《雪域抒怀》一书，我们深深受到“一团火”的工作热情的感染，我们可以窥见他们艰难困苦的工作历练。这里有《大雪封山》的描写，所言从拉萨回嘉黎县途经方圆百里无人区的高寒地带，车阻高山雪野，与死神擦肩而过的惊险场面；这里有“头痛、肚痛、腿关节痛和心跳加快”这“三痛一快”集中发作的《高原反应》记载；这里有长时间往返于高寒区域，连续紧张工作，导致血压升高、心脏隐隐作痛的《前些日子有点累》的细腻叙述……全书处处可见嘉黎生态的严酷，还显示着嘉黎的美，嘉黎人民的善良淳朴，从而导致他产生强烈的建设民族地区、改变民族地区落后面貌的紧迫感之心，读来处处令人感动。

在书中，他披露肺腑之言：“两年前，我刚踏上雪域时，就暗下决心，像对待亲兄弟一样，和藏族同胞搞好团结；像爱护眼睛一样爱护西藏的一草一木；像尊重父母一样，尊重西藏的风土人情。”而书中最生动的情感落脚点还是嘉黎的全县人民，以及作者本人在与藏族民众共同工作、生活中，在雪域高原这空灵世界里所思所想，并流露出对同志、对朋友、对亲人的真情和赤子之心。

作者初到嘉黎，赴海拔 5100 米的措拉乡乡里小学考察。当他看到破旧的校舍、陈旧的教学设施，“教室的黑板上结起厚厚的冰，老师的粉笔无法在上面写字。学生宿舍的被褥和墙壁冻在一起，孩子们穿着单薄，冻红了脸，身子在寒风中颤抖”时，触景生情，他的眼眶湿润了，他深感作为县委书记责任重大，第二天，他立即联系在拉萨经商的乐清朋友，让他们特制 500 床棉被，送到措拉乡给师生御寒。

他去看望藏族牧民阿布仁真，与阿布仁真的感情世界同欢慰共忧戚。离别，“车慢慢地远去，我在车中回头，看到阿布的背影，显得那么高大、魁梧”，他对藏族牧民的情意是那么的深长。

如果说对个体对象的感情表露，带有情感发挥的局限性，那么在嘉黎三年，作者作为执政一地的领导，他的大爱真情给予民众的感受可谓是“雨露均沾”。如 2008 年 5 月份，嘉黎地区虫草开始采集，适逢当地天天下大雪，“开始，我们援藏干部不知内情，雪天天冷，感觉不适。后来，当地干部群众告诉我们，近日雪下得大，虫草才长得快，下雪就是下钞票”。作者高兴了，他记述道：“虫草是野生的，是上天赐给藏北高原人民的礼物，愿今年虫草大丰收，愿雪域牧民满载而归。”看到这段描写，联系到作者当时的心境，不禁让人想到白居易《卖炭翁》诗中的句子“心忧炭贱愿天寒”，其悲悯的心肠何以相似乃尔。

远离家人孑然一身来到雪域高原，作者的生活是孤独的。《雪域抒怀》除了描写对西藏地区的工作和生活感受之外，还有作者在孤寂的生活环境中对同志、对朋友、对亲人的怀思，体现了作者在“慎独”的空间里所显示的人格特性和清雅的思想境界。

他思念远方的同事、朋友情深意长，“去年我休假回家期间，很多同事、朋友说今年要到西藏看我。翻开日历，今天已是9月6日了，望着窗外的鹅毛大雪，算算今年来看我的人屈指可数”——大有“燕子声声里，相思又一年”的真情期待之心。

雪域月夜，唐代诗人李峤的诗作，“圆魄上寒空，皆言四海同，安知千里外，不有雨兼风”——勾起了他对千里外家乡世事的忆念。

而兴到豪情处，作者屡屡赋诗抒怀，你看一首《归去来兮》，

“羌塘嘉黎瑞雪迟，圣地拉萨柳絮飞。故里江南春耕后，戍边游子凯旋归”——洋溢的乐观主义精神读来让人荡气回肠。

多情自古伤别离，2010 年 6 月，作者和众同事们三年援藏期满，要离开深爱的雪域嘉黎了。

而在 2009 年初，作者曾回温州故乡休假，他在《又回嘉黎》一节中写到当时的感受："这次回内地休假两个多月，虽然是酒里肉里，云里雾里，但到底不是‘乐不思蜀’，说句实在话，最叫我魂牵梦萦的还是我心中的‘江湖’——嘉黎的神山，嘉黎的圣水，还有嘉黎的人民。" 这次真的要长别离了，“当车队驶出嘉黎地界，我们全体援藏干部集体下车，朝嘉黎方向三鞠躬”，以示对工作、战斗和生活过的这片神圣的土地和善良的人民的景仰。

《雪域抒怀》以日记形式成书，全书由援藏纪事、雪域风情、高原抒怀、援藏感言等五个部分组成。书中没有曲折的情节，行文质朴，直抒胸臆。全书自始至终充满对藏区人民的深情厚谊，对援藏工作火一样热情的描述，自始至终闪现着作者心底里善良、仁厚、淳朴、真诚的人性之光。在发展经济的时代背景下，设使我们的基层执政干部都有像作者这样的心肠和情怀，何愁我们的事业干不好！

且看精神和行为的剥离

在我国有一个成语叫“人言可畏”，指的是传言风闻对一个人声名的影响及所带来的后果之巨。我们的老祖宗在生活上受到这方面的教训是深刻的，因之把这方面的事例辑录在典籍里以作垂戒。像战国时经众口误传“曾子杀人”而动摇了曾母心目中对儿子坚定的信任这个故事，就是一个鲜明的例子。

最近偶读英国人C.R.博克舍编注、何高济翻译的《十六世纪中国南部行纪》一书，该书辑集了16世纪葡萄牙人伯来拉所著的《中国报道》、克路士所著的《中国志》及西班牙人拉达所著的《出使福建记》和《记大明的中国事情》等行纪文章。掩卷之余，深深感觉作者在非客观态度支使下，在语言、文化差异的背景下传导社会信息出现变异，其消极作用造成了对一个民族尊严的亵渎；同时也不能排除它诱发了早期欧洲资本主义对东方的殖民思维和文化侵略的野心。

国民，是社会的主体。国民素质的高低，直接反映了一个国家社会的文明发展程度。这些行纪文章除了记述了明代中期中国南方的一些城乡建筑、交通等方面及一些事件性状况外，作者或由于语言文化不同而不能与我国民作深入的交流、沟通，缺乏对中国文化的整体观认识，全书始终用平庸化的语调对国民的行为作直观的描述，作者对中国社会的了解，可以说仅仅是停留在一种感性认识上。试看篇中几例缺失思想和灵魂的章节——克路士在《中国志》的第十三章里，描写中国的饮茶文化是这样写的："如果有人或有几个人造访某个体面人家，那习惯的做法是向客人献上一种他们称之为茶的热水，装在瓷杯里，放在一个精致的盘上（有多少人便有多少杯），那是带红色的，药味很重，他们常饮用，是用一种略带苦味的草调制而成。"中国人的节俗文化内涵最生动丰富，再如该文十四章写中国人最隆重的传统节日春节是这样的单调、机械：老百姓都过的大节，这要是新年的头一天，街道和门口都布置堂皇，他们主要极力修饰牌坊，给它挂上很多绸料及别的丝料，点上许多灯笼；演奏各种乐器，唱歌，同时准备了种种丰富的肉食，充足的酒水。又如国人的丧葬礼俗含义最深刻，人情最生动，该作者看到而描写的场面却是僵化、无感染力的动作："当一个人断气之后，他们把他的身子洗净，放在一把椅子上，然后他的老婆上来跪在他面前，一把眼泪一把鼻涕哭哭泣泣，向他告别，继他之后子女顺序上来这样做，子女后是其他亲属及家里余下的人和朋友。……”拉达的《记大明的中国事情》里描写在福州所见的一场宗教活动也是这样的刻板而毫无思想意趣：“另有一个大祭坛，有七八张盛满食品的分开的桌子，有三个人在晚上开始念他们的经，其中一个是教士，另两个是念经人。他们有时像念赞美诗，有时像念赞歌，一直摇着手铃，敲着小鼓。教士一再从桌子上取小小盘食物，念祷告词，把它放到小坛上。这继续到把所有盘碟都取完，那已是将近午夜了。”他们把广州衙门的描写和大门上所描绘的民俗中的门神写成“衙门正门有像城门一样的大门，门口绘有两个手执棍杖的巨人”，称官员袍服为“五位大员及其助手胸前和背上有皇帝权力的记号，那是用金线织成的一种蛇形”……这些描写，不能一一列举，作者没能站到一个文化和社会习俗的高度去叙述，而是像盲人摸象般支离破碎地记录，反映了16世纪欧洲人对中国和中华文化认识的幼稚。

而对于国人诚恳朴实的人性，该书更是处处把他们和愚昧、无知画上等号，流露哂讪的轻薄。如伯来拉的《中国报道》中写到中国市民对宗教信仰的认识时说：“他们拜偶像时自己都嘲笑自己迷信。”以个别作为普遍，把国人丑化成一副取悦于人的奴性脸孔。克路士的《中国志》十九章写到官员上下等级关系时道，“为老爷服务之敏捷迅速，及老爷之可畏，非笔墨所能形容，亦非言语所能表达……全体人员服从老爷的命令，飞奔去替他服务，不仅书手和军士及其他役吏，连下级老爷对上级亦复如是”；“当老爷因某件事生气和发怒时，旁立者的害怕和惶恐，看来令人惊异”，我们知道，虽然明代自嘉靖朝以后社会风气日显颓败，但这种描写显然是抓住一点不及其余，把国人的卑陋情性作了渲染和夸张。

这些人或事件的个体行为对吗？从直观上判断，这些描写或许是实在的。如果你去对一个行尸走肉的傀儡的行为作描述，也可以有如此生动。然而我国古代名著《文心雕龙》中就有一句名句叫“文之思也，神居胸臆而志气统其关键”。志气者，属于精神范畴的东西，这些行纪文章缺乏的正是精神和灵魂方面的指导、挖掘、提摄，其结果是精神和行为的剥离。

纵观这些行纪文章，我们还可以明显看出，这些当年的个别欧洲人士的撰文动机，他们是怀着觊觎之心来报道大明的社会状况的，而且带有种种偏见。如伯来拉的《中国报道》对福州城的描写就赤裸裸地宣称：“虽然我说城很大，百姓却很软弱（虽然人数众多），因此我们可以在极短的时间内不用什么气力在该国为上帝和吾王陛下作大量的工作。”还时不时称我国人为野蛮、愚昧的民族，称“这个民族除了生死外不知道别的东西”，（伯来拉《中国报道》），他们根本不会考虑到国情及社会环境不同，一厢情愿地轻薄为文，随时不忘把西方人的自我文化意识崇奉为“救世主”来标榜兜售，其居心用意显而易见。

近年来，我国政府屡屡强调，提高我国在国际上的话语权，这是非常正确和非常重要的具有战略眼光。我国有着深厚的文化积淀，思古及今，如果在世界上没能站在文化的高度、从思想的深度宣传，树立国人良好的精神面貌，一任这些低级品位、带狭隘主义的文章在欧洲乃至世界传播，国人的形象自然会成为世人心目中的“另类”，将会大大贬损国格和人格。

由此我想到18世纪法国伟大的启蒙思想家伏尔泰，他在他的著作《风俗论》中有一段把中国与欧洲社会发展史作比较的话：“当我们还是一小群人并在阿登森林中踯躅流浪之时，中国人的幅员辽阔、人口众多的帝国已经治理得像一个家庭，国君是这个家庭的父亲，40名公卿大夫则被视为兄长。”我认为，这段话最值得当今世人在东西方文化的比较中作深刻的思考。

我读《青春好放歌》

展读《青春好放歌》，一种久违的风习沁人心脾。

该书描写和刻画的是浙建集团青年职工和先进团队的感人事迹及英雄群像。他们躬奉劳动者本色，以建设工程作为人生的舞台，作为施展身手的空间，沉着于建设一线，脚踏实地，埋头苦干，唱响了一曲曲时代青年的壮歌。《青春好放歌》能把笔触对准这么一批生龙活虎的劳动者，对准这么一群拥有顽强的生命活力的群体，读之令人振作。

窥一斑而见全豹，《青春好放歌》一书最可贵之处是能把一群脚踏实地、自强不息的劳动青年作为讴歌对象。洋洋37万字，从中我们可以感受到整个浙建集团的精神风貌。我们不去一味地追求书中文字的华美，但积极向上的主题足以使人们激情昂奋。

像当年只有初中文化程度的全国五一劳动奖章获得者王竹

林，通过勤奋工作刻苦钻研，掌握了过硬的手工电弧焊技能，一举夺得第三届全国焊工技能比赛桂冠。以后他为了进一步提高自己的专业水平和综合能力，争取得到家庭和单位的支持，选择了四年不拿工资而去北京中国工运学院深造的成才之路，最终才成为集团的标兵。“不经一番寒彻骨，哪得梅花扑鼻香”，王竹林的成才之路，对于当今的大学生、当今的有志青年，肯定会是有益的启迪。

再如浙建建工集团副总工程师、省十大杰出青年岗位能手金睿，大学毕业后原本可以找一份更加舒心、安逸的工作，但“好男儿志在四方”，为了自己学以致用，为使自己能为建设社会大厦奉献青春，他毅然选择了整天与尘土打交道的建筑行业。

……

人们常说，书籍是人类进步的阶梯，文化是人们的精神食粮。但时下我们不能否认，目前市场上的书籍达到“以优秀的作品鼓舞人”之标准的不多，而能讴歌劳动阶层吃苦耐劳、老实做事、甘于奉献、勇于创新的作品则更少。一些拜金主义的读物及低品位的作品也鱼目混珠纷纷出笼。这些作品缺少生活气息、缺乏精神意识，摄食这些养分贫乏的“精神食粮”，要达到精神境界的提高是不可能的。

“文章合为时而著”“铁肩担道义，妙手著文章”，前人对文化人的使命早已有了“定性”。正如《青春好放歌》所拥有的积极向上的主旋律一样，我们的作家、我们的文艺工作者，应把著书为文倡导社会风气作为不可推卸的社会责任。努力使自己的作品成为青年一代健康成长的营养素，成为促进社会进步和和谐发展的催化剂。

曾成金绘

诗歌为寺刹添注文化吸引力

几年前，北京保利公司的崔之彰先生来温州，为即将被推上拍台的元代名画《江山胜览图卷》拍摄实景遗迹。崔先生告诉我，9 米多长的元代名画《江山胜览图卷》很大一部分画面取材于古代瑞安社会风貌，画中主体宗教建筑就有瑞安宝坛寺、圣寿禅寺两处。我陪同崔先生到了瑞安塘下的宝坛寺和瓯海仙岩的圣寿禅寺（原属瑞安）拍摄实景。看到这两座古老的寺宇，抚今追昔，沧海桑田，当时曾感慨，瑞安的宗教文化不仅有其深厚的历史，远在元代就吸引了艺术家的眼球，被纳入生活的写照，而且这种宗教文化能根深蒂固地植根于人们的生活中及至于今，历数百年连寺院名称亦未曾变易，可见其生命力的强盛。

而今的瑞安，除了宝坛寺等著名的佛教寺宇岿然屹立，其他的释家寺院建筑，随着时代的昌明而应运兴起。宗教作为一种辅助社会教化的文化形式，发挥其特殊的作用，现已在瑞安城乡越来越受到人们和社会的关注。

然而宗教毕竟有别于世俗文化，般若甚深，佛理玄妙，其播扬于俗世者，除了佛教深玄的义理，还应有围绕于博大精深的佛教义理而派生出的寺庙文化。瑞安施世琥兄所著的《游瑞安古寺诗词选》便是寺庙文化中透射出来的一束灵光。

世琥兄积多年之功，遍历瑞安城乡的古寺名刹，每到一地，触景生情而发为歌吟。这些诗歌，除清淑之气扑面，给人以超尘脱俗感之外，其思接千载、视通万里的思维活动间，流露的是对某种精神世界的追思和企慕，是对社会信仰时空的复述。而包含在这些诗词里的哲思，也可以起到启迪世人心智、澄明心性的作用，其艺术价值显而易见。

在丰赡的华夏文化背景下，宗教的传承发展，不仅仅局限于宗教教义本身之于社会的需求，宗教以艺术传，宗教以个性文化传，则显示文化和艺术赋予了他更强大的生命力。就像瑞安宝坛寺亮相历史名画《江山胜览图卷》一样，世琥赋古寺名刹以诗歌，如在深玄的宗教义理和世俗文化之间增架了沟通的桥梁，虽然世琥的诗词艺术还不能和《江山胜览图卷》的艺术成就比，但也将使名刹的文化影响力更加强大和深远，也将有益于佛教教化众生精神的光大弘扬,有益于宗教文化的普及化，对于瑞安的社会文化发展也将起推动作用。

“百家姓”的认识误区

近日，与一初次谋面的客人闲聊，问及对方姓啥，对方说，姓管，继之，他又补充一句：管姓很少，“百家姓”里都找不到。乍听此言令人愕然：是谁将“管”姓摈弃于“百家姓”之外了？而转念一想又马上让人会意：他是把近来报章上公布的按我国人口数排名前100位的大姓氏视为“百家姓”了。确实，近段时间以来，我国广大媒体都在热议以这次人口占有率排座次的“百家姓”，并在该名词前冠之以“新”字，殊不知，这种提法极易给人造成一种文化概念的混淆。

众所周知，经千年文化传承的沿袭，“百家姓”一词已成为我国一个特定的词汇，它指的是包括我国民族大家庭中所有的姓氏，是一个概数，试看历史上流传下来的《百家姓》撰本，又何止100个姓氏？这次对“百家姓”的排序，毋庸置疑，是科研机构为了更科学地掌握人口社会发展变化的一次有益工作。

而有关方面在发布这项科研成果信息时，掐取我国人口比例中占前100名的姓氏名单赫然公布，再冠以“百家姓”这个特定词汇，这样，一个流传了千百年的概念性理论便出现了歧义：“百家姓”就仅这100个姓氏！尤其是一些鲜于接触传统文化、对“百家姓”概念缺乏认识的人，更易对这一传统文化本义的理解产生动摇。

我们都是中华姓氏大家庭的一员，我们都为生长在繁荣的姓氏大家庭而自豪。在某些方面，中华文明史早已为我们设定某种特定的文化概念空间。后人如果以狭隘的文化观念去移花接木般套用在宏富的传统文化之上，必定会成为文化的“紧箍咒”，造成对固有文化定义的曲解，生发出种种歧义，削弱文化的内涵乃至民族的向心力。

2006年2月

温州全国文保单位小绪

日月盈昃，潮起潮落，从《山海经》中的“瓯在海中”，到东瓯王立国，到晋郭璞筑郡城……温州，这块曾被当时的中原文化目为“化外”之地的海隅蛮区，历汉唐经营，经宋元明清风流，今天，当她又自豪地跨上商品经济筑就的社会发展高峰时，人们以一个全新的视角蓦然回首，定会惊诧地发现，历史风尘中的人文积淀斑斑驳驳，如珠在渊，如玉藏山，透射出来的正是这个海滨郡邑进步、文明的缩影。

仅仅从温州目前的15处国家级文物保护单位去数点，其姿采足以夺目。像分布于瑞安、平阳、苍南等地的浙南石棚墓群玄奥幽秘，粗犷野拙，展其邈也；蒲壮所、永昌堡厚重坚壮，古风凛然，恣其雄也；玉海楼建筑宏深典雅，富于文化含藏，成其瀚也；芙蓉村、顺溪古建筑群、泗溪木廊桥钩心斗角，构架恢宏，呈其巧也……

星曜罗天，灵氛遍地，这一批文物瑰宝除了直觉上给人以史学价值和展现其艺术工巧的一面外，如果你细加解读，你会发现瓯越文明绵远相续，其中蕴藏着的瓯越民众行思超迈的勇气，折射出的创造性的智慧和创新务实精神，使温州增色。

岁月悠长，草木荣枯，瓯越大地上那些生生灭灭名不见经传无从稽考的芸芸众生的善行义举姑且不论，这里试举几例。文成山区明代刘基庙是人们景仰的地方。刘基50岁受明太祖聘出山佐明，不十年功成不居庙堂归隐故乡，足见其磊落异人风格。

有宋一代，永嘉叶适倡事功学说，讲经世致用，成为与当时的理学、心学相互补的三大学说流派，世称永嘉学派。逮至清代，玉海楼开一方风雅，一代经学大师孙诒让腹笥折人。他有感于“今之大患，在于政教未修，而上下之情睽阏不能相通”，从而探幽发微，着手梳理《周礼》，阐扬《周礼》政、教两大端的经世精神，以期挽救时弊。著成巨著《周礼正义》，其以学术求治道的淑世情怀，使后学感佩，人们尊他为“清末三先生”之一。章太炎誉曰：“古今言《周礼》者，莫能先也。”

人们常说，建筑是城市的符号，或者说，文物是历史的记忆。细细品嚼、审视这批宏富的历史遗存，不仅感到温州文明史的地位也会因之垫高尺寸，而且似乎发现，历来因文化断层造成某些时期古瓯越文明与中原文明“落差”的现象认识，也是一种错觉。

试举浙南石棚墓为例——这些古墓巨石盖顶，选址、构建科学，考古界评价建造者具备初步营造观念。1993年冬，文物部门对瑞安岱石山30多座石棚进行发掘，出土陪葬品有印纹硬陶罐、原始青瓷簋、青铜矛、小编钟等，经鉴定为西周、春秋时期器物。与欧、亚、非及南美洲沿海地带及我国辽东半岛等地发现的石棚墓属同一类型。彼此两相对照，不禁引发人们的大胆猜想：古瓯越地域文明是否与上述各地文明互为辉映呢？

至若这批古寺庙、古城堡、古民居、古作坊、古桥梁等闪烁着人文光辉的遗迹，更是比比可见瓯越人文之大端。

温州文明史的典籍，太厚重太值得珍视了！

2007年

温州（国保）文物史小绪

一 寻找远去的家园

虽然不能用“天地玄黄，宇宙洪荒”来追索她年代的久远，但“瓯在海中”的古老说法却能因它而又一次得到印证。

老鼠山（现改名曹湾山），位于瓯江下游入海口处的一座小山，如果不是在2000年对它进行发掘，它的远古时代的遗迹就会如瓯越大地上目前尚被埋在地下而未知的所有人文踪迹一样，永不为人所知。一旦揭开它的神秘的“红头盖”，世人终于惊诧远古时代这处海国家园布局的缜密、规模的宏大、营建的考究。

这处瓯越先民生活遗址的聚落中心在老鼠山山顶，大概当年这老鼠山周围或许四际茫茫，或许沼泽一片，古老的瓯江经常发大水，选择山顶作为聚落中心最保险。这让我们又联想到浙南石棚墓，围绕这些墓葬开展的当年人类活动也有迹可循。

由此我们或可推断史前瓯人求生存的理念：他们选择海滨低山作为自己的家园，可以樵采，可以渔猎，可以规避水患之险。

不知过了多少年，先民们依托这处家园，谋食求生，制造器物，繁衍后代。这可以从沿聚落中心展开的建筑及发现的器物得到印证——如建筑的构建技巧、方位选择都带有科学性。陶器、玉器开始在这里出现，先民的手工艺水平在这里得到显示，这里成为一方文明的肇始。时至今日，通过对这里的发掘，我们不仅见识了史前瓯人的生活状貌和社会轮廓，同时对照瓯江上游遂昌好川墓地发掘的文物，属于同一种新石器时代晚期文化类型，同时将带有明显良渚文化印痕及闽江流域昙石山文化因素的好川文化分布范围，从仙霞岭北麓松阴溪一带扩大到整个瓯江流域。由此，坚固树立在温州人心中的尊崇瓯江为母亲河的概念进一步增强。

东瓯文明源远流长，并不孤独。

二 雪泥鸿爪，岁月如瓷

说起陶瓷制造工艺，可以说它的诞生比瓯越的起名还要早，更有专家学者解释说，瓯是一种陶瓷器具，“瓯”的起名就是从这种器具那里引申而来。因为很久以前生活在现在温州这片土地上的先民，就很善于制造这种器具，因此，人们就为这方家园起名为“瓯”。

这里展示的正和堂窑址和外山甲窑址群的完整性不过是古代千百个温州瓯窑窑址里的一二遗存，其烧制时间仅为晚唐至宋代时期。纵观温州陶瓷制作史，有文字记载可考的要比这里的年代远得多。

晋杜毓《荈赋》有所谓“器择陶拣，出自东瓯”的记载。

《景德镇陶录》曰:“瓯，越也，昔属闽地，今为浙江温州府，自晋已陶。”

……

这些记载，不仅证明了陶瓷制造业与瓯越历史的关系，肯定了瓯越陶瓷制造业的地位，同时赞许了瓯越陶瓷器的质量，讴歌了瓯越先人的智慧。

而从发掘出土文物方面考证，温州鹿城区上戍乡老鼠山史前遗址发掘出的器物中就有釜、鼎、瓷、尊、罐等夹砂陶及印纹硬陶器物。龙湾区瑶溪镇上河滨村的龙岗山遗址发掘的夹砂红陶、泥质红陶器物其制造年代在新石器晚期至战国期间，尚有分布各县市区的遗址发掘也多有瓯越早期陶瓷器物件见证。

……

有古瓷研究专家对“瓯窑”解释时提到，瓯窑“东晋点饰褐彩的盖盒、牛形灯和朝阳的罂等罕见而又别致的器形正凸显了瓯窑的地域特色。”

人类从极简生活发展到目前的纷纭世界，这是社会前进的趋势。瓯越文明的发展亦是紧随着这个潮流。当年，生产力低下，人们穴居野处，被发文身，为了获得最原始的生活器具，他们就地取材，抟土为器，进行烧制，从原始粗糙的制作，稀薄施釉，简单的花纹刻画，发展成为精美绝伦的工艺品，这不仅是一种工艺类型的发展，而且是瓯越文明史的见证。

三 托体山阿，灵迹点点

在浙南温州，因为历史上地域环境关系，这里没有浩大的王陵，除却以规制形式著名的古石棚墓及地下发掘到的一些无名古墓外，历代名人古墓便成了一种特殊的历史遗踪。

温州有刘基墓，有叶适墓，有王十朋墓，有陈傅良墓……这些墓葬的遗存，给后人第一个直观印象是证明这些名人在温活动的信息，为之增添了有力的实物佐证，因此，墓葬是研究古人活动的最重要证据之一，而且还是佐证书史记载的实例。如南宋绍兴五年状元汪应辰，籍贯记载为信州玉山（今属江西）

人，史称他避北兵之乱，徙居永嘉。就是明朝天顺年间的朱良在《永嘉楠溪汪氏族谱序》中也只提到他“因避北兵之乱，自上饶徙居永嘉楠溪之菰田”。后人在永嘉县岩坦镇屿北村后塘湾发现他的墓葬，从而进一步确认他的人生经历与温州的关系及身后归葬温州的史实，证实了这位生前身后两出处的历史人物的特殊身世。

和其他各地古墓葬一样，温州各地的名人墓在文物价值方面也记载了历史的演进。古人讲求事死如事生，出于对逝者的尊重，墓葬建造讲求奢华，精雕细凿，宏伟气派。像明朝弘治年间进士高友玑及其家族墓，坐落于乐清市北白象镇高岙村，整座墓的地面建筑均由石雕构成，形成庞大的石雕建筑群，人们称之为一座乡间的石雕艺术博物馆。

同时，历代名人墓葬的形制、墓前的翁仲、石马、石羊等及墓沿的石雕花卉，都是研究各个时期艺术表现手法及在漫长历史时期中发展变化轨迹的重要实物。

四 塔影风铎，清香可人

作为佛教建筑物的塔，原为供奉佛舍利的建筑，又称“浮屠”，在印度的译名叫“萃堵波”。和全国各地一样，佛教在温州有着悠久的历史。在温州各地，一座座古老的佛塔见证了佛教的辉煌，如瑞安隆山观音寺石塔、平阳钱仓宝胜寺双塔、乐清市磐石镇重石村真如寺石塔等。岁月沧桑，虽然一些地方的寺庙不见了，但当年别具匠心构建的一座座宝塔仍岿然卓立，凌云向上，似在昭示一种不坠的信仰。

佛教融入温州的民俗文化和社会之后，塔的意义和功用还超出了人们借它表达对佛祖尊奉崇拜的范畴。它所包含的祯祥吉彩的含义进一步增强，世俗的吉凶趋避、造作景观，也都借用它神秘玄妙的力量和功能。如某地称灵秀外泄，堪舆者或地方绅耆便会建议在水口建一座塔以镇“风水”；某地或曰龙虎不相称，也要造塔以增威势。像平阳县城南龙山上的文明塔就是当地祈盼文明的例证。据塔碑记载：宋朝至明朝期间，平阳县文风昌盛、科举连连、人才荟萃，素有“小邹鲁”之美誉。清乾隆后，文脉不振，百余年间竟鲜有中第者。光绪年间，邑令汤肇熙在乡人倡议下，建造此塔振兴文风。塔形如笔，前人称之为“文笔峰”。

不过剥去塔身的层层神秘光环，抛开种种神奇传说，古塔——这佛教建筑的本身确实给我们提供了极其丰富的文化遗存。像八面玲珑的塔身上姿态各异、栩栩如生的佛像造型，线条优美、生动逼真的动物及花卉浮雕等，保留和展现了各个时期的艺术成就。就是整个塔身的造型结构，也表达了各个历史时期的建筑风格。而且在瓯海白象塔地宫发掘后，出土大量的彩塑佛像、砖雕天王像、漆器、瓷器等，这对于研究温州文化具有重要的意义。

五 营造方式，木石之间

宅院也，庙宇也，亭坊也，井桥也……温州的这方面乡土建筑最为繁荣，各竞秀色。

这种精彩纷呈的现象，是温州先民受民俗信仰、地理环境、建筑文化等多重因素影响的产物，乡土味最浓。在那古老的年代，社会生产力低下，地处偏僻海隅，远离中原文明的瓯越地区尤甚。从事渔猎生活风险性大，先民们便把祸福寄托于神灵，祀奉中充满尊崇。同时，父老乡亲为纪念有功于百姓的乡贤名士，这些历代以来为地方做过贡献的名人，其身后也受到民众尊奉，予以立庙纪念。于是，乡间对供奉神祇的庙宇的构建，也都倾注了艺术的专注。代复一代，这些原来朴素的雕塑、绘画乃至建筑艺术，经过反复磨砺，在后世的庙堂遗迹中得到了沉淀。

从贫瘠的生存条件下萌生的简约艺术，到富丽堂皇的高甍大宅里的精工细艺，温州古民居建筑也承载了艺术的发展史。在温州的历史上，西晋末年和宋室南渡后的南宋时期，大批官僚巨族进入温州，繁荣了温州社会经济，体现在建筑上的变化，是大宅、书院等竞相而起。上流社会的营造理念结合温州本地地理环境特点，产生了一批批具有浓郁瓯越乡土特色的建筑。同时，木头建材让建造工匠的艺术匠心在实践中纵横捭阖，使艺术表现力得以淋漓尽臻地发挥。经过漫长的岁月，现留在温州大地上的大宅如永嘉花坦古建筑群、楠溪江溪口村戴蒙书院、古居、平阳会文书院、泰顺县罗阳镇上交垟土楼、文成西坑谢林大宅院等，遗迹处处。

再如亭坊、井桥等，在古代人们对物质丰富性的追求和享受远远低于现代社会的年代，温州先民始终把艺术创造的智慧和高超的技艺都反映到这些公共建筑上，全面体现了温州建筑艺术的文化品位，使历代古建筑艺术的完整性得到了保存。

东南大学教授朱光亚在为温州一本乡土建筑书籍作序时就颇带总结性地指出其遗存价值："以建筑文化验之，温州地区亦十分特殊。在他处，柱下櫍和柱身梭形卷杀还有柱身矮而面阔宽的扁形的立面间架比例，皆为明代及更早的古制。而在温州民居中清代以至民国的建筑仍有沿用此法者。上昂做法，它处已绝迹，而瓯江流域比比皆是，插拱、清水脊、老戗发戗等亦多在温州长盛不衰。徜徉其中，每每得窥宋元遗韵，俨然一处古构收藏处。”

这也是对温州古建筑艺术遗迹价值的高度肯定。

六 天地纸笔，金石可镂

没有石窟造像般的宏伟庞大，不拘泥于碑刻的表面平整、书法工整，它汲取一种自然野趣，将一种人文艺术和自然美巧妙地结合起来，这就是散落在温州山崖水涘间的摩崖石刻。

著名金石考古学家马衡在《凡将斋金石丛稿·中国金石学概要》中指出：“刻石之特立者谓之碣，天然者谓之摩崖。”细细品味温州的摩崖石刻，它还是朴素、天然美的延伸，处处展示了一种自然洒脱的风韵。

温州摩崖题刻以书法形式留存下来的为最多。古代的名家书法或酣畅淋漓，或挺拔劲健，如雁荡山龙鼻洞巨石上朱熹的石刻草书“天开图画”龙蛇飞动，真可谓得山水清气。再像瑞安市林溪乡溪坦村石马山岩刻，高 6 米，宽约 10 米，中央主体部分刻 1.6 米高七层佛塔一座，塔两旁刻画的佛像、人物，基调质朴，线条流畅，形象生动，整幅岩刻构成一幅美丽的画图，天然意趣浓厚，融和于周围的青山绿水之中，使山水平添了一条风景线。

富于艺术价值的摩崖石刻所包含的历史内涵和史料性也是极其重要的价值所在。像有着摩崖题刻宝库之誉的雁荡山留下了朱熹、沈括、黄淮等人的题刻，以证明他们当年留在这座名山的足迹。证明雁荡山开发历史的有唐德宗贞元十年（794年）武康县尉包举的题名等，都为这名山增色。

2007年

丹青赘言
——解读画家陈志元画作

（1）山崖伟岸，礁石峻峻，海水柔曼，滩涂软泥……图绘西湾，刻画了平阳人民丰富的精神和物质世界。吾邑平阳利兼山海，现实环境通过艺术的再现，使人们恍然发现：置身生活，是这么地美好而有意义。

（2）“栀子花开楼石渡，甘蔗林满赤岩山”，清代诗人张綦毋在他的诗作中早就提到了腾蛟赤岩山这处胜景，有一段时间，这处风光反而湮没了。当代，靠人们对文化旅游事业的重视，赤岩风光又重现在人们的视野。苍山白练，浓墨凝重中透出飘逸的灵气，撩人遐思万千。

（3）飞泉泻石壁，伴随牧童的短笛流出的是乡野清韵，涤荡人的心灵。

（4）人们都知道，万全垟河网地带一马平川，画家这幅山

陈志元绘

水或得之于地域的边缘，却勾画了水乡独特的风光，真可谓美在于发现，足可激起人们寻幽探胜的强烈欲望。实实在在的“渔翁夜傍山岩宿”，而一根根扦插于水面的竹竿，于欸乃声中透露了现代生活信息。

（5）清水倒映枕河人家，勾起人们对生活于青山绿水间的向往。水头镇是平阳北港片的商贸集散中心，留下水头老街的这道风景存照，人们可以拿它与周庄等地风景区一比高下。

（6）苍穹云淡，远山映落晖，古村树木笼雾霭，画面让长期生活在城市高楼群中的人们见此有嘘一口长气的轻松感。这种田园生活在平阳的西部，在顺溪，在青街，在南雁，在闹村，在山门，在腾蛟……你只管去寻。

（7）修竹凝妆，碧水绕芳甸，此处有乡里人家在桃源。

（8）野老相传，在交通闭塞的过去，大山深处的顺溪为一大集镇，有顺溪市之称，四方八里南北货物汇集于此。曾几何时，沧桑变迁，现在保留在这里的只有石板老街、黛色古民居及淳朴的民风，虽然淡了往昔的繁荣，但给人的视觉格调却高雅了。

（9）桅樯如林，渔火如星星，一江银河辉映。鳌江，跨越时空，穿山过峡，在此出现现代的气象。请看夜色中两岸楼头灯光，相与炫熠。

（10）水头古名泾口，为溪流之所汇。临水而居，大有江南水乡之趣，谁不夸此溪山好。

（11）雾里春山色更深，岚润青松更苍劲。春雾是山野的面纱，大自然的衣裳，若隐若现中，让山水更显多姿。

（12）在南雁，山峦高处的观音洞确实有几步路。你看苍山深处的寺宇就像高悬天上的星辰，显示超尘脱俗身份，迢递山路也如在考验人们的虔诚。

（13）巨石崔嵬如擎天，山居者直可置身云外餐风饮露学神仙。

（14）近观赤岩瀑，水落寒潭激起游人心底向往大自然的呐喊。

（15）层层叠叠的苍山脚下，秋叶黄了，村姑挑一担丰收果，虽然肩头沉甸甸的，但农家乐哼在嘴里，心头还是轻松的。

（16）60 多年前，一批抱着坚定的革命信念的青年，来到这里参加我省党的第一次代表大会，浙江的革命旗帜，开始从这里举得更高。这里就是平阳的西部——马头贡。星移斗转，青山依然苍翠，旧址不改古色。而今，红色旅游已经将这些革命纪念地与当地风光旅游紧紧串联在一起，浙南河山更显活力。

（17）平阳，过去作为浙江最南端的一个县份，驿道直通八闽，县城南面驿路上便建起城楼式的建筑，为讨吉利取名“通福门”。而今，县城的城墙、城门早已无存，这座驿路上的门楼，却成了老县城的标志建筑。且去听听门楼上戍卒打更，那可以及早催促你通过幸福之门。

（18）南雁景区多寺庙，仙姑洞就是其中之一。据南宋祝穆《方舆胜览》记载：“初，吴越钱王与僧愿齐同参韶国师于天台。愿齐还永嘉，礼智觉真身，闻平阳明王峰顶有雁荡，天晴则钟梵相闻，杖锡往访……结茅其间。”后来，南雁还成了吴越国王的祈福道场。而今，高峻的山峦上观音洞、仙姑洞、三台道院等与景区的众多奇峰异洞构成一幅神仙世界，吸引了广大善男信女和游客。

（19）水乡村落，古榕婆娑，浓荫匝地，这是温州乡间最普遍最邀目的景观。夏日纳凉、工暇小憩，家长里短、弹唱聚说……生生不息繁衍于兹乡兹土的乡民，不知在这景观树下衍生了几多动听故事，评析出几多善恶是非。村头水口的大榕树，承载着乡村不尽的风情。

（20）天然草坪、风动岩、险礁绝壁……三盘尾是南麂岛景观集中处，而这里的“猴子拜观音”又是最惟妙惟肖的一景。万千斯年涛声，在诉说着猴子的虔诚。

（21）平阳西部山区，与泰顺风土相近（其实明朝景泰年间，泰顺部分地区就是从平阳县析出而置县的），一座雄伟的廊桥飞架深溪险壑，顿使人感受到大山气魄。

（22）海边，一抹霞光，唤起人们勤劳的一天，奔向潮间看收获……

（23）南雁会文书院原是北宋陈经正、陈经邦兄弟读书处。二人慕程颢、程颐兄弟理学，北上受业，开平阳学派先声。他们寻此华表高耸、石门峙立、风景绝幽之天造地设的胜境建书院播扬理学，可谓慧眼独具。清朝光绪年间，里人募款重建会文书院，再开坛讲席。设想彼时文场盛事，极有追慕先贤之风气。瑞安人、近代名人孙锵鸣在清朝光绪癸未年秋就为会文书院写有对联云“两雁并灵区，百廿峰中有此坛席；二程传法脉，一千载后重与讨论”，气象蔚然可见。

（24）青山映绿，黛瓦石墙，古朴深邃的村居里有喜事，或婚事、或寿庆、或添丁……穿红戴绿的男女为周围传递了喜讯……从前，在平阳乡间，穿新衣、走亲戚，能给清寂的乡村带来活跃气氛，尤其在儿时的心底能留下历久弥新的感觉。

（25）大海，以圆月为眼睛，瞩望着勤劳的人们……

（26）大海，惊涛骇浪设险，考验着人们的勇敢……

（27）瞻仰日出的辉煌，感受无垠的广大……“啊，大海”，如孔夫子之登泰岳，无法名其状，只能从心底发出“高矣，大矣”的感慨。

（28）只要是对国家对民族的振兴发挥过作用，后人便会铭记。1938 年 1 月，一批进步青年在这所抗日救亡干部学校学习军事和文化，三个月后，他们启程北上抗日。这所具有短短的办学经历的二层木楼，便成了纪念遗址。1984 年，当年曾在此工作和战斗过的粟裕大将身后将部分骨灰撒放在这里操场上，竖了一块碑，为这里添了一处纪念去处。

（29）石砌凌水阁，高台欲近峰。

（30）廊桥在溪口一筑，再有大树遮掩，风俗相传有使风水掩留的意思。不管怎么说，这里留下的尚有青街畲乡的一段风光。

（31）青山复流水，绿幔掩古宅，乡村画图美，温州山水久负盛名。宋朝苏东坡曾云：“能使江山似永嘉”，神往久矣。平阳西部村落，多有此美景。

（32）走动在这屋檐下，给人一种安闲的感觉。

（33）蹬石级，穿石牖，过岫廊，从这里进会文书院，便可在门口看到清朝瑞安进士孙衣言为书院所写的对联：伊洛微言持敬始，永嘉先辈读书多。以先贤文化激励后学，在此可获得敬肃之情。

（34） 黄花树林映衬白粉墙，村居者的生活当是另一种情调。

（35）奇峰挺秀，乔松亭亭，雾霭沉沉，这时的雁山带有一种神秘感。一似会文书院作为理学讲坛而显其学说义理的玄妙。

（36）古老的水碓、结伴而过的牛群，画面显露了畲乡风貌一角，如果你深入畲乡，你还可欣赏畲族服饰、领略畲族歌舞等畲乡民俗风情。

（37）沧海桑田，就在潮水的起起落落间促成这片丰腴的土地。若干年后，但愿这片土地能带着水的滋润继续哺育我们的子孙后代。

（38）山奇、水秀、洞幽、峰险……更兼有寺宇、道观、书院等深具文化底蕴的建筑，南雁自古便成了人们仰慕的去处，名闻遐迩。据记载，清末经学大师、瑞安人孙诒让39岁时“与友人论修《南雁荡山志》书”。按现在做法，计划到邻县请孙诒让来修山志，这足以说明当年南雁的分量。

（39）高楼拔地起，城市的面貌一天天在变。

（40）意趣盎然的一幅“太平乐”，成了当今乡间生活的写照。

（41）丹青，描绘的不仅仅就是山崖的雄奇峻拔，还可比拟为革命者的风骨和脊梁。20世纪30年代，革命者在大屯村一带出生入死，建立红色政权，这里成了红色根据地，终于迎来了革命的胜利。

（42）碧渡云关自从容……

（43）流水潺潺过矴步，回首溪山，美景自在花树间、村落里……

（44）竹丛深处，数河沼水暖鸭先知，直把劬劳当乐事，生活情趣在其中。

（45）史料记载，明万历中，“福建巡抚许孚远……言：浙江滨海诸山若陈钱、金塘、补陀、玉环、南麂，皆可经理”。

盖孚远之议兴屯设官不独为海防计，欲使山海无弃地，亦以杜异日藏污纳垢之患也。这段文字反映出，当时的统治者为了海疆安宁，经营远处大海中的南麂。清末，鳌江人士王理孚也曾在南麂岛设立渔佃公司，对南麂进行开发。直到 20 世纪 80 年代，南麂的开发也仅仅停留在耕海牧鱼的生产方面。殊不知近 20 多年来，南麂的奇岩怪礁、碧海金滩、花草风物等引起了世人极大的兴趣。近年，随着交通的改善，每年夏天到南麂旅游者辐辏。“碧海仙山”“贝藻王国”“联合国人与自然生物圈”等一项项桂冠使她蜚声海内外。

（46）在这里，风送鱼腥，传递着渔民的丰收。渔市，越靠近海边，水产品的质量就越有选择余地。这符合商贩的需求，也利于渔家方便销售。于是，鱼汛期的潮候一到，渔村便沸腾了，渔民的家前屋后，埠头岸边，约定俗成便形成热闹的集市。

（47）青山着绿，乡村农家户户紧闭门牖，他们大概都出外忙于农事去

陈志元绘

了——这不禁想到南宋翁卷的《村居即事》：绿满山原白满川，子规声里雨如烟；乡村四月闲人少，才了蚕桑又插田。翁卷就是温州人，画面意境，对他来说肯定似曾相识。

（48）这就是带有原始味的南麂岛大沙岙。清寂中只有渔民在滩头劳作，湛蓝的海水里泊着渔船，喧嚣的只有海浪声……而今你寓目的大沙岙已经成了旅游者的乐园，太阳伞朵朵，遍沙滩都是穿着泳装的男男女女……留一片昨天的清新吧，人们的大脑需要空灵。

（49）把大山划成水波纹，嵌上五颜六色，这是山区农民的杰作。

（50）水墨村居，清丽中透着浑厚，水乡的意境多么邈远。

（51）其实不需绛红点缀就已经是美的上品了……

（52）宛在水中央……

（53）粗糙的石屋、古朴的村居，掩不住美的风景……

（54）当地人说，苏老苏步青的古居秉承了背后卧牛山的灵气。其实，这座古老的木结构建筑离卧牛山还有一段路呢。不过房前屋后林木阴翳，古藤攀绕，给人感觉环境舒适。

（55）海岸边，掩不住心情激动，在翘盼着可喜的收获。

（56）雨润如酥，青山着色更浓，跨过乡间的石桥，看一眼桥下的流水，因雨天而变得更湍急了，更清澈了，人的心境也会因此而更清爽舒畅了。长此陶冶，也就算是得山水灵气吧。

（57）归在落日黄昏后……

（58）鹊噪声声到君家……

（59）俗谚云：人若勤，锄头角出黄金。看到满田野耀眼的黄花，忽然想，郊野每年都有如此多的花色，为大自然添景致是次要的，因为满野黄花可以昭示劳动者并未怠惰，广袤的冬闲田不闲。

（60）大屋连甍，显示山乡人家曾经的荣耀。在顺溪，这样的大屋有八九座，宅内曲院回廊，进深重门迭槛，当地有云：青街的竹，顺溪的屋。足见这些大屋的规模和知名度。目前，这些古宅有幸均被列为文物保护对象。

（61）层层叠叠，伸向云端。如果是在大干快上年代，有人肯定会把它比喻为天梯！

（62）郭外青山耸浮屠，这座文明塔坐落于离平阳县城南门外不足 5 里的龙山上。日前，和友人郊游到塔下，得知此地原是一热闹去处——从县城通往福建的驿路经过塔山下，塘河流经这里，塔北面还有一座净明寺，其历史可以追溯到唐朝，回顾遥远的年代，这里的人们对文明的朝拜肯定不会怠慢。而今古桥驿道荆榛丛生，塘河没有了昔日的活跃，而当年为祈求文运而建的文明塔仍高高耸立。最近，听说有关方面已着手对高塔作维修，这不是文明在向我们召唤吗！

（63）苍山沐夕阳，整个大自然好像熟透了……

（64）“满船明月浸虚空，绿水无痕夜气冲。诗思浮沉樯影里，梦魂摇曳橹声中……”如果宋人戴复古的这首《月中泛舟》作于现代，我会怀疑他的诗思灵感得自于这幅画图，或是取材于万全平原水乡吧。丹青如诗，它不仅仅囿于文人的清唱闲吟，你看夜色中的男女，她们或正在月色的清晖下忙于劳作呢，生活气息浓于诗情。

（65）云关为南雁荡一景，巨大石屏，拔地障天，有遏断行云之气势。屏间忽开一石牖，设想山间每每云霞雾岚生起之时，便会从这石牖间涌流。观此景不禁让人慨叹天地造化鬼斧神工之妙。

（66）一方石窟天造地设，一年四季多白云缭绕，自是一处仙乡佛国之境界。

陈志元画作序

一 清丽山水

大山是寰区的脊梁，平阳境内的连绵群山，来自浙闽边境洞宫山脉的延伸，绵延不断，直抵海滨。

在这奔腾起伏，连绵不断的群山的怀抱里，融结着诗的意境，美的画图。最负盛名者，为南雁荡山核心景区诸景，峰奇、洞玄、潭幽、瀑险……其景观不能历数。而1051.17平方千米陆域面积，山水所系，大自然的浓墨重彩挥洒处，顺溪、青街、腾蛟、雁门等地景点也各显身姿。

春花秋月，风云雾岚，如果你作深入游览，你不仅能发现到美，而且还能在山水间感受到一种超乎现实的神妙。

唐代诗人顾况就写有一篇《仙游记》，大概描述的就是当时平阳西部地区一处仙乡奇境。文曰："李庭等，大历六年(771年)入山斫木，迷不知路，逢见漈水中有人烟鸡犬之状。寻声渡水，忽到一处，约在瓯闽之间，云古莽然之墟者。好田、泉竹、果药，连栋架险，三百余家。四面高山回环深映，有象耕鸟耘，人甚知礼……既而辞行，礌木记道还家。及复前踪，群山万叠，不可寻者！”活脱脱一处“桃花源”般的境界，李庭遇到了“世外桃源”般的风景人物。而且这处风景不在别处，“约在瓯闽之间”，明代姜准举出“约在瓯闽之间”等句，断定这美丽的世外桃源之地应在南雁或其周围之处。

果不其然，岁月在周行，春秋在相续，《仙游记》中的风光并未衰竭。时至今日，平阳境内，青山复流水，绿树掩古宅，农夫在夕阳下荷锄牵牛的牧归图，村姑在落叶秋林下喜滋滋肩挑丰收果实的“农家乐”画面，山乡里民风淳朴的节庆喜事……这里一副副的画卷，无不衍生着“桃花源”的遗风。

而在这自然山水灵气的熏陶下，勤劳智慧的平阳山区人民，善于在这灵山秀水之间作笔墨渲染，一处处熔铸了艺术特色的人文景观再为这山水美景作点缀，便更完美地显现了平阳山区的风光。

像平阳当地俗云：青街的竹，顺溪的屋。指的就是这深藏于大山里的连甍大屋的规模。据介绍，在顺溪，比邻的这种大屋共有八九座，每一座的结构规模都是飞檐翘吻，钩心斗角，曲院回廊，重门迭槛，显示了当年山乡人家的气派和荣耀。目前，这些古宅有幸均被列为国家级文物保护对象。

或许受顺溪大宅建筑风格影响和固有的传统人居观念支使，平阳西部民宅也善于倚山临水而筑，这些民宅散落在顺溪、青街、山门、水头、腾蛟、闹村及万全平原、鳌江等各地，构成一幅幅人和自然和谐的优美画图。

再如廊桥建筑，近年来与平阳县西部接壤的泰顺县（明朝景泰年间置泰顺县时，平阳西部析出部分地方属泰），以廊桥之乡驰名海内外。平阳西部山区与泰顺风土相近，其独具匠心的建筑特色在平阳西部也得以东鳞西爪地显现。

宋朝的苏东坡曾云，“能使江山似永嘉”，由此可见，就连当年生活在内地的苏氏，对我邑山水作高度评价中也透露出神往之情。

是金子定会发光，是明珠不忌晦暗，进入新时代，平阳山水便会来得更加清明。清代诗人张綦毋有诗写道：“谢公遗迹想追攀，何处堪乘兴往还？栀子花开楼石渡，甘蔗林满赤岩山。”正如诗中所提到的这处赤岩山风光，早在清代，或更早的谢灵运时代就已经很有知名度了。而到了20世纪80年代以前，似乎反而湮没了。当代，随着人们对文化旅游事业的重视，赤岩山风景和平阳西部风光一样，又重新跃现在人们的视线里。

二 金色海岸

当画家把笔触伸向平阳海滨风光海洋风景资源时，揭开的是当地崭新的丹青册页。

在平阳县重点海滨旅游区西湾乡，有个叫黄岩头的地方，有一块矗立于滩涂边的高大礁石，石色与周围一般的礁石不同，呈赤赭色，显得特别惹眼，当地人都叫它“火烧岩”，是当地一处独特景观。为什么同是礁石颜色会成赤色呢？在当地渔村流传着一个传说。数十年前，黄岩头村有一位姓黄的师公，他看了很多有道术的书籍，收妖降魔，道术极是灵验。他平时一直在西湾海涂上张网作业。有一次，他发现每到落潮时，置于海涂上的渔网都被别人动过，网兜里的鱼虾都被别人拿走。如此几天，黄师公被惹恼了，为了教训这位盗鱼者，他使出法术，拿来铁钉，在盗鱼者留在泥涂上的足印里，对每个足印插上一根钉子。原来，拿走鱼虾的就是他的儿子和媳妇，黄师公的法术对这夫妻俩造成严重的身体伤害。黄师公误伤了自家人之后，愤然把书籍全部搬到这处岩礁上焚烧了。由于这些书里包含着一种神秘的力量，把岩石都烧成了红色。

听听这样的传说，也可以感知平阳海滨风光多神奇。

从鳌江江口至飞云江江口，平阳县有104.2千米海岸线，有12.92万亩滩涂，有碧海仙山之称的南麂岛等面积500平方米以上的海岛64座。像黄师公烧书把礁石烧成红色一样，这些海岸线上怪石崚峻，岩礁巉奇，一片片滩涂软泥，一弯弯沙滩平展……这一切，抑或都包含大海的风侵浪蚀所幻化出来的美丽传说，着实地去丰富海边渔民的生活。

其实，光靠神奇玄妙的神话传说来粉饰，平阳的海滨风景还是免不了浅薄之嫌，而史料的翔实记载，就更能让人了解丰富的风景资源只有在时代发展的大趋势下，才能显现折服世人的魅力。南麂列岛风光迷人，有金色的大沙岙沙滩，有三盘尾奇形怪状的峭壁礁石风光……“曾闻大瀛海，中有蓬莱宫”，古人用华美的诗章赞誉过这里的风光。史料记载，明万历中，“福建巡抚许孚远……言：浙江滨海诸山若陈钱、金塘、补陀、玉环、南麂，皆可经理”。盖孚远之议兴屯设官不独为海防计，欲使山海无弃地，亦以杜异日藏污纳垢之患也。这段文字记载了人们经营南麂岛的历史，当时的统治者的出发点还是为了海疆的安宁。

清末，鳌江人士王理孚也曾在南麂岛设立渔佃公司，对南麂进行开发。面对当年清冷的南麂岛，他赞赏地为美丽的岛屿写下了很多诗篇。如他的《南麂八咏》之一：“登高远望两峰巅，仿佛齐州九点烟。南北戈船兹一系，兵家形胜自天然。”就描写了南麂岛重要的地理位置。直到 20 世纪 80 年代，南麂的开发也还仅仅停留在耕海牧渔的生产方面。

不过人文的迁播也早已为这偏远的海岛留下历史的痕迹，如岛上的马祖岙，就是渔民们信仰妈祖的明证，虽说现在不见了当年妈祖庙，但让人确信曾经香火鼎盛。近 20 多年来，随着交通运输业的发达，南麂岛的奇岩怪礁、碧海金滩、花草风物及独特的气候条件引起了世人极大的兴趣。每年夏天，远近游人到南麂旅游者辐辏。“碧海仙山”“贝藻王国”“联合国教科文组织世界生物圈保护网络海洋类生物保护区”等一顶顶桂冠使她蜚声海内外，平阳的山水，也因此而多了一串明珠。

三 水乡灵秀

一看到水乡风光，人们首先会联想到平阳东部一马平川的万全垟，其次是小南垟。

据说，万全为万船的谐音而来。万全垟古代是千帆云集的一片汪洋。沧桑变迁，多少的景物多少文明随着岁月而流失，如记载和传说中这片平原上的仙口城、榆垟城都已不复存在。六七年前，笔者和文物、水利部门干部一起，在平阳县宋埠镇的陡南村和陡北村之间考察了一处叫沙塘陡门的古陡门遗址。据认定，该陡门建于南宋绍兴十七年(1147年)，当时，北宋名臣范仲淹的曾孙范寅孙任平阳县丞，当地进士吴蕴古出资兴建这一水利设施。后经查，有着乃祖遗风的范寅孙还为南雁风景区白云山青山岭，写过题为《藤道》的诗，诗曰："峻极藤为道，盘旋百转多。崖悬枯树杪，涧折怪岩阿。雁入云霄去，猿从荆棘过。谁云西蜀险，较此更如何？"岁月沧桑，历史上闪耀在这片平原上的文明或有失落，就看这陡门外，当年海涂已淤积成平原田地，陡门的地面建筑已不见了当年的风姿，难以辨认，但文物、水利部门人员肯定，陡门的水下部分保存得更好，该陡门是温州市目前发现的最古老的水利建筑之一。

相比于古陡门风姿不再，好在这些采撷于万全垟、小南垟以及水头、顺溪等地的田园风光山水画卷为世人展现江南水乡的美。

欣赏这些画作就像在品味一首首美的诗篇。你可以将它们对号入座——

"渔翁夜傍山岩宿，晓汲清湘燃楚竹……"

“满船明月浸虚空，绿水无痕夜气冲，诗思浮沉樯影里，梦魂摇曳橹声中……”

“绿满山原白满川，子规声里雨如烟；乡村四月闲人少，才了蚕桑又插田。”

……

更有情致者，或在一番花开花落之间，或在一场晴岚新雨过后，你可以去尽情把玩……

局外人可以观画欣赏抒发诗情，置身在这片田园风光中的水乡人家，则更可以感受田园生活的无尽乐趣。水乡河网地带多榕树，像平阳的宋桥镇、郑楼镇一带，植榕更为普遍。水乡村落，古榕婆娑，浓荫匝地，乡间男女老少夏日纳凉、工暇小憩，家长里短、弹唱聚说……生生不息繁衍于兹乡兹土的乡民，在这景观树下衍生了无数生动的故事，评析出一番番善恶是非。这村头水口的大榕树，承载了乡村不尽的风情。

平阳有一首代代传唱的童谣曰：“正月灯，二月鸢，三月麦秆做鬼叫，四月地播(即陀螺)密密跳，五月龙船两头翘……”这首童谣正好反映了平阳乡间丰富多彩的节庆风俗。这些童谣中反映的生活场景，都可以在这一幅幅丹青中得到体现。四时八节敬祖先，生殁庆吊走亲戚，当地叫作做人情，你来我往串起的是彼此之间连绵不绝的感情。积淀于这片富饶的土地上的乡风民俗，也在春播秋收后的祈望和喜庆中不断得到演进。

四 蔚然人文

山水名区，自有人文蔚然。

平阳自西晋太康年间建县以来，地灵人杰，名人辈出，留下一处处人文遗迹为江山添胜景。像南雁会文书院、腾蛟苏步青故居、平阳城南文明塔、通福门等，无一不显示其山川钟灵毓秀的魅力。只是有些风光去处，随着沧桑变迁，风景已显黯然。如矗立于平阳县城南龙山之上的文明塔，原为祈求文运而建。该地原为一热闹所在，从县城通往福建的驿道经过塔山下，塘河流经这里，塔的东北面还有一座净明寺。青山、塘河、石桥、塔影……这里的风光不一般！

人文渊薮最深厚的其中一个地方当为南雁荡山风景区。据南宋祝穆《方舆揽胜》记载："初，吴越钱王（指钱俶）与僧愿齐同参韶国师于天台。愿齐还永嘉，礼智觉真身，闻平阳明王峰顶有雁荡，天晴则钟梵相闻，杖锡往访……结茅其间。"记载了这位名僧开山建寺的前后因缘，或正是他与钱王有这层关系，后来，南雁还成了吴越国王的祈福道场。

而今，南雁荡山核心景区高峻的山峦上，观音阁、仙姑洞、三台道院等与周围的众多奇峰幽洞构成一幅神仙世界，吸引了广大善男信女和远近游客。

到了北宋朝，南雁的人文景观又增一新亮点。平阳学人陈经正、陈经邦兄弟仰慕程颢、程颐理学，北上受业，开平阳学派先声。回平阳后，他们选择南雁这处华表高耸、石门峙立，风景绝幽之天造地设的胜境建起了会文书院播扬理学。

大概受陈经正兄弟所倡导学风的影响，有宋一朝，平阳人才辈出。据记载，仅南宋的一百多年间，平阳县学子考中进士的就达 620 多人（包括今苍南县，不含当时属平阳所辖的今泰顺县部分）。

至清朝光绪年间，为振文风，当地人士募款重建会文书院，再开讲席。现在，当你蹬石级、穿岩牖、过岫廊来到会文书院门口时，就可看到当时的瑞安名士孙衣言为书院盛事所写的联句：伊洛微言持敬始，永嘉先辈读书多。其弟孙锵鸣更是对这一盛事和该处胜境作了高度评价：两雁并灵区，百廿峰中无此坛席；二程传法脉，一千载后重与讨论。

20 世纪 30 年代，刘英、粟裕等领导的党的抗日力量进驻平阳北港地区，他们战斗和生活过的遗迹，成了后人开展革命传统教育的纪念场所，与历史遗留的人文景观相得益彰，丰富了观瞻。

如山门镇古香古色的抗日救亡干部学校，后来的粟裕大将当年就曾工作在此。1938 年 1 月份，培养了一批干部北上抗日。1984 年，粟裕大将身后将部分骨灰撒放在学校的操场边，在这里竖起了纪念碑，使这纪念胜地更有分量。

60 多年前，中共浙江省第一次代表大会在马头岗这间简陋古朴的民宅里召开，浙江的革命旗帜开始从这里举得更高。

……

而今，平阳县倡导发展红色旅游，使这些革命纪念地与当地山水风光和传统人文景观紧紧相贴近，使浙南河山更显美丽。

后记 POSTSCRIPT

2004年的时候，我写了一篇题为《浅谈新闻报道中的文学表现手法》的文章，发表在当年第10期的《新闻实践》期刊上。该文好像在诠释文学作为一种特殊的功用，运用在新闻写作中，使原来平实的新闻语言增加了感性色彩，增强了作品的感染力。时过多年至于今，我竟有空暇写散文，结集成这本《浩歌长吟》，以纯粹的文学形式去表达思想表现生活，这不能不说与文学有宿世之缘。

宿缘也还需要契机。多年前，散文家卞毓方老师在我的一本作品集序言中，对于人与人之间心照不宣的默契作了一句形象的描述："人跟人见过一面，有时只要一眼，就能迅速沟通，达于化境。"他还把此境界提升到一个理论高度，说"这在佛家，叫摄光"。卞老师的妙语，在我那本质量平平的作品集中，如烁铁成金，加之他妙笔高文之作品及其他优秀文学作品的智慧启迪和灵感传递，使我的创作大得裨益，让玄妙的“化境”提升了写作意境。

散文是一种见情见性见精神的文学体裁。我们生活在这个有着丰厚文化积淀的国度里，文化的吸引力，足使一个世路坎坷的人将生活的窘迫抛之脑后，并激励其创作灵感和活力。陆放翁有诗云：“天恐文人未尽才，常教零落在蒿莱，不为千载《离骚》计，屈子何由泽畔来。”体认如此这般的人生历练，让人产生创作的升华。对于文化的挚爱，让人时常思考着用手中的笔，去挖掘人文精粹，彰显文化魅力。然而古人说，“积学以储宝，酌理以富才，研阅以穷照”，无学，无以致用。在写作中，我常愧自己学习不多，功力不够，越往深处，越觉得学养知识如大海，使人感觉力不从心。

检视这本散文集，如果说有什么特点，我觉得大概是其中带有较浓重的文化味。从文章的遣词造句，从题材的切入角度等方面去经营，努力使作品增添文化色彩。再一特点是内容题材庞杂，有写山水、人物的，有书评、碑记杂说等，斑驳杂陈。不过无论哪种题材，都会以情采文辞去着墨。这也正好是一位作者应具备多维文化视野和广阔的生活世界的反映。

夸夸其谈之余不得不说还有遗憾：这本集子部分作品算是着意之作，如《松台山的高度》等“温州众山系列”、《书院桥断想》等篇章，大得读者喜欢，有朋友说，读之甘之如饴。另有一些篇什，也只能算在工作中涉笔的“无意插柳”之得，如《小记二则》《温州（国保）文物史小绪》等。像《小记二则》中的《平阳鳌江阳屿门神人石室记》这篇短文，其地域名胜背后还包含着美丽动听的神话故事，如果假以时日，将传说的成分作文学锤炼，肯定能成为文苑丽葩。再像《温州全国文保单位小绪》等，所涉内容包含着鲜明的乡邦历史文化印记，按时下的国内散文创作思潮，闪耀着乡邦文化大散文的光彩，但是写得拘促、僵直。幸而散文这个体裁“大肚能容”，就此格调，鄙人也就愧而潦草塞责，作抛砖引玉而求教于方家。

2014年9月20日